मिशन SUCCESS

मिशन SUCCESS

राजेश अग्रवाल

प्रभात
पेपरबैक्स
www.prabhatbooks.com

प्रकाशक

प्रभात पेपरबैक्स

4/19 आसफ अली रोड, नई दिल्ली-110002

फोन : 23289777 • हेल्पलाइन नं. : 7827007777

इ-मेल : prabhatbooks@gmail.com ❖ वेब ठिकाना : www.prabhatbooks.com

संस्करण

प्रथम, 2019

अ.मा.पु.स. 978-93-5322-320-5

MISSION SUCCESS
by Shri Rajesh Aggarwal

Published by **PRABHAT PAPERBACKS**
4/19 Asaf Ali Road, New Delhi-110002

ISBN 978-93-5322-320-5

अपनी बात

जीवन में सफलता के लिए हर कोई प्रयत्न कर रहा है और अग्रसर होना चाह रहा है। आजकल की शिक्षा प्रणाली जितनी आवश्यक है, सफलता के लिए उतना ही महत्त्वपूर्ण एक अन्य अंग भी है—व्यक्तित्व का निर्माण।

आधिकतर यह देखा गया है कि व्यक्ति अपने आपको बाहरी तौर पर आकर्षक बना लेता है, शिक्षा भी पूरी ग्रहण कर लेता है, परंतु अंदर के व्यक्तित्व का अधूरापन उसे आगे नहीं बढ़ने देता या असफलता की ओर धकेल दिया जाता है। साथ-ही-साथ वह यह भी अपेक्षा करता है कि कोई चमत्कार होगा या अन्य कोई उसके जीवन में आकर यह कमी दूर कर देगा, परंतु इसका किसी दूसरे आदमी से कोई संबंध नहीं है। दूसरा कोई भी आदमी आपके मन तथा व्यक्तित्व को बलवान एवं दृढ नहीं बना सकता। कोई भी व्यक्ति आपको दुर्बल से शक्ति-संपन्न, असफल से सफल और 'कुछ नहीं' से 'सबकुछ' नहीं बना सकता। आप स्वयं ही स्वयं को 'सबकुछ' बना सकते हैं और आप में वह सब करने की शक्ति-सामर्थ्य मौजूद है।

व्यक्तित्व विकास के प्रति निरंतर सजग रहकर आप सफलता व उपलब्धियों के क्षितिज पर अपने वर्चस्व के सुनहरे हस्ताक्षर दर्ज कर सकते हैं। व्यक्तित्व में श्रेष्ठता से आपका, आपके परिवर व संपर्क-क्षेत्र का भला

होगा ही, आप और बेहतर सुंदर व सभ्य समाज निर्मित करने में बेशकीमती योगदान देंगे।

बाहरी-भीतरी पूर्ण व्यक्तित्व विकास के द्वारा सफलता की ओर ले जाने वाली यह उपयोगी पुस्तक पढ़ने के लिए आपको बधाई।

—राजेश अग्रवाल

अनुक्रम

1

असमंजस से उबरने के तरीके
(Ways to Come of Dilemmas)

दोस्तो, यह सुंदर जीवन हमें हर सफलता पाने के लिए मिला है। अगर हम अपने व्यवहार, कर्म या अपनी सोच को समझकर उनमें कुछ निर्देशत परिवर्तन ले आएँ, तो हम सबसे पहले अपने आकर्षक व्यक्तित्व का निर्माण करेंगे और फिर सफलता का स्वाद चख पाएँगे। कार्य अपने मन पर करने होंगे और स्वयं ही करने होंगे।

जो अपने मन की चिंताओं, भय और दुःख को अंगारा बनकर जला डालते हैं, उनको जीवन में सफलता पाने से कोई नहीं रोक सकता।

अंतश्चेतना (Conscience) से मिलनेवाले दिशा-निर्देशों को ग्रहण करने के लिए अपना दिमाग हमेशा खुला रखें। जब भी आपको अपनी योजना में सुधार लाने या किसी नई योजना की ओर बढ़ने की प्रेरणा का झटका महसूस हो, बिना किसी संदेह या हिचकिचाहट के उस पर अमल करें। जिस पल आपका दिमाग वास्तविकता को समझता है और यह सोचने लगता है कि किसी भी विषय का कोई अंतिम सत्य नहीं है और उस विषय से जुड़ी कई सच्चाइयाँ सामने आ सकती हैं, उसी पल आप सहनशीलता के नियम से सीखने लग जाते हैं।

हम लोगों से अकसर सुनते आए हैं कि हम जिम्मेदारी के कारण जिंदगी का मजा नहीं ले पाते हैं। जिस पर जिम्मेदारी नहीं होती है, वह मस्त

मलंग की तरह सुख से जीता है। यह बात बिल्कुल सही नहीं है। विश्व में अधिक ऊँचाई पर पहुँचनेवाले सभी लोग जिम्मेदार होते हैं या ये कहें कि जो लोग जिम्मेदार होते हैं, वही ऊँचाइयों को छू सकते हैं।

तो ज़िम्मेदारी लेने की आदत डालें, शुरुआत चाहें तो छोटी-से-छोटी जिम्मेदारी से करें, क्योंकि जिम्मेदार व्यक्ति की ही व्यवहार में पकड़, व्यवहार में ठहराव और समाज में कद्र होती है।

अपने आपको व्यस्त रखने की आदतें भी डालें। व्यस्त रहने और नए-नए प्रयोग करते रहने से जीवन में संतोष बना रहा है। यह भी अकसर देखा गया है कि हमें थकान काम के कारण नहीं, बल्कि चिंता, निराशा और असंतोष के कारण होती है। अखबार पढ़ने की आदत डालें। समसामयिक गतिविधियों व घटनाओं की जानकारी बनाए रखें। प्रमुख चर्चित व मशहूर लेखकों की पुस्तकों को अवश्य पढ़ें। ऐसा करने से आप किसी भी कार्यक्रम, कॉन्फ्रेंस या बातचीत के अवसर का पूरा-पूरा उपयोग कर सकेंगे। इससे एक ओर जहाँ दूसरे लोगों से आपके संबंधों में निकटता बढ़ेगी, वहीं दूसरी ओर आपका ज्ञान व आत्मविश्वास (Self Confidence) भी बढ़ता रहेगा।

किस्मत भी अपना समय आलसी लोगों पर बरबाद नहीं करती।
Luck also does'nt waste its time on Lazy Person.

अगर आप अच्छे वार्त्ताकार बनना चाहते हैं तो सचेत श्रोता बनें। दिलचस्प होने के लिए दिलचस्प बनें। ऐसे सवाल करें कि लोगों को उनके जवाब देने में मजा आए। उन्हें उनके और उनकी उपलब्धियों के बारे में बात करने के लिए प्रोत्साहित करें। अगर आप अपने साथियों को दिखा सकें कि आप उनके विचारों को ग्रहण करने के इच्छुक हैं तो इस बात की संभावना बढ़ जाती है कि वे भी आपके विचारों के प्रति ज्यादा उत्सुक और सचेत होंगे।

अगर आप किसी डर, अनुभव या तनाव के कारण नकारात्मक विचारों की गिरफ्त में फँस रहे हों और असफलता, कठिनाइयों को पास आता देख

पा रहे हों तो यही उचित समय है, जब आपके सोचने का ढंग बदलना चाहिए। यही समय है नकारात्मक विचारों तथा व्यवहार से पीछा छुड़ाने का, उत्साहपूर्ण कार्य करने का और फिर एक खुशहाल एवं सफल जीवन व्यतीत करने का।

अगर आप एक नकारात्मक प्रवृत्ति के व्यक्ति हैं और अविश्वास, बेईमानी, विश्वासघात, ईर्ष्या, तुनकमिजाजी आदि जैसी भावनाओं से ग्रस्त रहते हैं तो इस बात की काफी संभावना है कि जो लोग आपके जीवन से आकृष्ट (Attract) होते हैं, वे बिल्कुल आपकी प्रकृति के होंगे। इसके अलावा आपकी दृष्टि इतनी मलिन होगी कि आप जिस तरफ भी देखेंगे, आपको अपने ही नकारात्मक गुणों की झलक नजर आएगी। आपके लिए तब कुछ भी सही प्रतीत नहीं होगा। जब एक बार आप यह समझ चुके हैं कि अपनी दुनिया को इतना धुँधला आपने खुद बनाया है, अभी भी आशा नजर आती है। कृपया कुछ समय निकालकर उन चरम नकारात्मक गुणों की सूची बनाएँ, जो आपको अपने आस-पास के लोगों में सामान्यतः दिखाई देते हैं, क्योंकि अपने अवगुणों को हम समाज में अपने ही प्रतिबिंब के रूप में देखते हैं। इस प्रकार हमें इस विधि द्वारा अपने नकारात्मक पहलू को देखना आसान हो जाएगा। एक बार यह जान लेने के बाद आप अपने को सुधारने की ओर अपनी यात्रा आरंभ कर सकते हैं।

अगर आप ऐसी स्थिति से बचना चाहते हैं, तो आपको कुछ कोशिशें करने की जरूरत है। जीवन बेहद आसान हो सकता है। किसी ऐसे व्यक्ति को अपना साथी बना लें, जिसे आप अब तक नापसंद करते रहे हों। उस व्यक्ति के साथ समय बिताएँ, बड़े प्यार के साथ और खुश होकर। उन सभी कामों को करने की आदत डालें, जो आपको अब तक नापसंद थे। उन लोगों के साथ रहना सीखें, जो आपको पसंद नहीं हैं और साथ-ही-साथ जीवन को प्रेम, आनंद और सूझबूझ के साथ जिएँ।

अगर आप किसी को कुछ सिखाने की कोशिश करेंगे तो वह कभी भी नहीं सीखेगा। अगर आप किसी को धोखा देने में कामयाब हो जाते हैं,

तो यह मत सोचिए कि वह कितना बेवकूफ है, बल्कि यह सोचिए कि उसे आप पर कितना विश्वास है?

अगर आप खुशियाँ बनाए रखना चाहते हैं तो इन्हें बाँटते रहें। झाड़ नहीं बन सकते तो घास जैसे ही बन जाएँ। अगर आप डर को जीतना चाहते हैं तो घर के कोने में बैठकर इसके बारे में न सोचें। बाहर निकलें और खुद को व्यस्त रखें।

आप तेजी से सफल होना चाहते हैं तो आपको स्थिर दिमाग के साथ काम करना चाहिए। मन के चंचल होने पर काम पूरा नहीं हो पाता और ध्यान भटक जाता है। जब भी आप किसी काम को नए तरीके से पूरा करना चाहें तो आपको इसकी सीमा भी पता होनी चाहिए। आपको किसी भी विषय को लेकर ज्यादा उत्तेजित नहीं होना चाहिए। इसके बजाय पूरी प्रक्रिया को समझना चाहिए और फिर कोई निर्णय लेना चाहिए। दिमाग के स्थिर होने पर ही आप आगे बढ़ सकते हैं।

दुश्मन चाहते हैं तो अपने दोस्तों से स्वयं को श्रेष्ठ सिद्ध करने लगें, लेकिन यदि आप दोस्त चाहते हैं तो अपने दोस्तों को अपने से श्रेष्ठ समझें। दोस्तों का दिल जीतना चाहते हैं तो उन्हें याद रखें। अगर आप मेरा नाम याद रखते हैं तो मेरा दिल जीत लेते हैं; आप यह दरशाते हैं कि आप मुझसे प्रभावित हैं। अगर आप लोगों से दोस्ती नहीं कर सकते तो उनसे जुड़ नहीं सकते। जीवन में कोई भी व्यक्ति अकेला ही सफल नहीं बन सकता। वह बहुत सारे व्यक्तियों को साथ लेकर ही सफल बनता है।

नतीजों से संतुष्ट हैं तो बदलाव न करें। अगर संतुष्ट नहीं हैं तो बदलाव जारी रखें। अगर आप बहस करते हैं, भड़कते हैं और विरोधाभासी हैं तो कभी-कभी आप सफल हो सकते हैं, लेकिन यह जीत खालीपन लिये होगी, क्योंकि इसमें आपके प्रतिद्वंद्वी (Competetor) की सद्भावना शामिल नहीं होगी। अगर आप मनपसंद व्यक्ति बनने की प्रक्रिया में नहीं हैं तो आप स्वत: ही वैसे व्यक्ति बनने लगेंगे, जैसे आप नहीं बनना चाहते हैं।

आप अगर मुझसे पूछें कि महत्त्वपूर्ण बनकर मुझे कैसा लगता है तो

मैं कहूँगा, जैसा आपको। अगर आप मेहनत से घबराएँगे तो समझिए कि सफलता आपसे दूर चली जाएगी। तो मेहनती बनें, पुरुषार्थ कीजिए और सफलता की राह पर चल पड़ें।

अगर आप यह जानना चाहते हैं कि लोगों को अपने से दूर कैसे रखें और पीठ पीछे वे आप पर कैसे हँसें, यहाँ तक कि आपसे नफरत करें, तो यह करें—देर तक किसी की न सुनें। अपनी झाड़ते रहें। अगर कोई बात शुरू करें और उसके बारे में आपको पता हो तो उसकी बात को बीच से ही लपक लें और उसे चुप करा दें। नहीं, ऐसा करना कतई उचित नहीं है। सफलता में अच्छे संबंधों का महत्त्व कम नहीं आँका जा सकता।

अगर आप सच में सफल होना चाहते हैं तो एक बात का हमेशा ध्यान रखें कि किसी भी व्यक्ति को बीच में न टोकें, जब तक कि वह अपनी बात पूरी नहीं कर लेता है। एक अच्छे श्रोता बनें। लोगों को ध्यान से सुनें और कोशिश करके उनकी सफल-असफल कहानियों के बीच अपने काम आ सकनेवाले बिंदु खोजें और देखें कि लोगों ने क्या गलतियाँ की हैं और उनसे आप कैसे बच सकते हैं?

Do you wish to live a result based day then divide a day in 5 phases
= 8 Am – 11 Am
= 11 – 2 Pm
– 2 – 5 Pm
– 5 – 8 Pm
– 8 – 11 Pm
Monitor each 3 hour you will have a highly productive day

आप यह मानते हैं कि आप विफल हो जाएँगे, तो कोई उम्मीद नहीं बचती। आप विफल ही होंगे। अगर आप योग्य नहीं हैं और दूसरों के कंधों पर काम डाल देते हैं तो विफलता के लिए तैयार रहें। जो पुरुषार्थ और सकारात्म विचार और पगडंडी बनने के लिए अपनाया है, वही आपको एक दिन राजमार्ग बना देगा।

अगर आप सफल होना चाहते हैं, तो मार्ग में आनेवाली कठिनाइयों,

बाधाओं और दूसरों की कटु आलोचनाओं से अपने मन को अशांत न होने दीजिए। अगर आप सफल होने के लिए योजना नहीं बना रहे हैं, तो इस बात की संभावना अधिक है कि आप असफल होने की योजना बना रहे हैं। सबसे पहले आपको यह स्पष्ट रूप से पता होना चाहिए कि आपको करना क्या है ? आप अपना लक्ष्य चुनने में सोच-विचार कीजिए और एक बार आपने यह निर्धारित कर लिया कि आपको करना क्या है, तो फिर उसे पूरा कैसे करना है, इसके लिए योजना बनाइए।

प्रकृति को खाली स्थान पसंद नहीं है, यही इसका नियम है। अगर हमारे जीवन में उपयुक्त सफलता की ओर जानेवाली योजनाएँ नहीं हैं, तो अवश्य ही यह कमी भर दी जाएगी—हमें असफल व्यक्तित्व की ओर धकेलने वाली परिस्थितियों से। जहाँ माली योजनाबद्ध तरीके से बाग-खलिहान का विकास करता है, वहाँ अनावश्यक खरपतवार नहीं उग पाती और न ही उसे बाद में निकालने के लिए शक्ति और समय व्यय किया जाता है।

A relaxed mind is thousand times more powerful than an Aggressive Mind.

अगर आप अपना सर्वश्रेष्ठ देकर सर्वश्रेष्ठ बनने की क्षमता को जानते हैं तो आपको सफल होने से कोई नहीं रोक सकता। अगर आप सूरज नहीं बन सकते तो तारा भर बन जाएँ, पर जो भी बन सकते हैं, वह बनने का पूरा प्रयास करें। संकल्प ऊँचा बनाएँ। अगर आप सोचते हैं कि आप आप नहीं, बल्कि कोई और होते तो आप उसका पूरा प्रयोग न कर के अपने अंदर के व्यक्तित्व को व्यर्थ कर रहे हैं। याद रखिए, हर व्यक्ति खास और अद्वितीय होता है और आप भी हैं। गुलाब अगर खुद को कमल बनाने में लग जाए, तो वह अधूरा गुलाब रह कर कैसे खुश हो पाएगा ? क्या पूरा गुलाब अपनी सफलता पर अधिक संतुष्ट न होगा ? इसलिए अपनी क्षमता को पहचान कर जुट जाएँ अपना लक्ष्य पाने को। शुभकामनाएँ!

अगर आप सोचते हैं कि मैं पराजित हो जाऊँगा, तो आप पराजित हो

गए हैं। यदि आप सोचते हैं कि यह काम मेरे वश का नहीं है, तो आप उस काम को करने का साहस कभी नहीं जुटा पाएँगे। यदि आप सोचते हैं कि मैं जीतने के लिए जी तो रहा हूँ, परंतु जीत नहीं सकता, तो आप कदापि विजय हासिल नहीं कर पाएँगे। यदि आप सोचते हैं कि मैं हार जाऊँगा, तो आप हार चुके हैं। कोई भी पुरस्कार जीतने के लिए हमें पहले उसकी प्राप्ति मन में सुनिश्चित करनी होती है। जिंदगी एक ऐसी जंग है, जिसमें अधिक बलवान अथवा अधिक तेज भागनेवाला ही सदैव विजयी नहीं होता। देर-सबेर वही व्यक्ति विजयी होता है, जो यह सोच लेता है कि मुझे जीतना ही है। उन्हीं लोगों की तकदीर बदलती है, जो यह सोचते हैं कि वह बदलनी चाहिए।

अगर आप स्वयं के सम्मान के प्रति सचेत रहेंगे तो स्वाभाविक है कि आप ऐसे लोगों के साथ से बचेंगे, जिससे आपके सम्मान को ठेस पहुँचे। जिस प्रकार कड़वा बोलने से अच्छा चुप रहना है, उसी प्रकार कुसंगति से बचने का उपाय यही है कि आप अकेले ही रहें। अगर आप हो सकते हैं तो अन्य लोगों की तुलना में और विवेकी बनें, लेकिन उन्हें यह बताएँ नहीं।

अगर आपकी संपन्न बनने की इच्छा है, तो अपने दिमाग की अवचेतन अवस्था (Subconscious Mind) को वैसा ही विचार उत्पन्न करने का आदेश दें, जिससे चेतना संपन्नता विकसित करें और फिर देखें कि कैसे आपकी आर्थिक स्थिति सुधरने लगती है? इच्छा की शक्ति, जो ज्वलंत आकांक्षा (Burning Desire) के रूप में अभिव्यक्त होती है, उसके जरिए अवचेतन के एक्शन को गति प्रदान की जा सकती है। इस प्रकार, इच्छा की शक्ति का इस्तेमाल करके अपने दिमाग को पूरी तरह काबू में लेकर व्यक्ति असीमित शक्ति का हकदार बन सकता है।

अगर आपके पास देने के लिए कुछ भी नहीं है तो भी निराश मत होइए। प्यार और सम्मान के कुछ शब्द भी देने से आप हमेशा के लिए किसी के दिल में जगह बना सकते हैं। अगर आपको अपने काम पर भरोसा है तो आपको आपके काम से कोई भी नहीं डिगा सकता। दुनिया के अधिकतर

सर्वश्रेष्ठ कार्य प्रत्यक्ष असंभावनाओं के विरुद्ध जाकर ही हुए हैं। बड़ी बात यह है कि काम को पूरा करके ही रहना।

अगर आपको कोई उपयोगी आविष्कार करना है, लेकिन आपकी कल्पनाशक्ति उतनी विकसित नहीं है, उस वक्त आप क्या करेंगे? आप अपने मौजूदा काम को बेहतर बनाने की कोशिश कीजिए। इसके जरिए कम-से-कम आप इस गुण को हासिल करने की कोशिश कर सकते हैं। आप अपनी कल्पना को जितना नियंत्रित करेंगे और जिस हद तक इसका इस्तेमाल करेंगे, उतना ही इस शक्ति का विकास होता चला जाएगा। अपने आस-पास नजर दौड़ाते ही आपको ऐसे ढेरों अवसर दिखने लगेंगे, जहाँ आप अपनी कल्पना का इस्तेमाल कर सकते हैं। इसका इंतजार मत कीजिए कि कोई आए और आपसे कहे कि यह करो, बल्कि अपनी समझ का इस्तेमाल कीजिए और अपनी कल्पना पर जोर डालिए, ताकि वह आपको यह बता सके कि आपको क्या करना है।

अगर आपको देखना ही है तो दूसरों की विशेषताएँ देखिए, अगर आपको कुछ छोड़ना ही है तो अपनी कमजोरियाँ छोड़िए। अगर आपको सफलता प्राप्त करनी है तो आपको लोगों के सामने खड़े होकर उनका तथा उनके प्रश्नों का उत्तर देना होगा। लोगों के सामने अपने सुझावों तथा विचारों को रखने से उनके और आपके बीच एक नेटवर्क बनता है। एक अच्छा नेटवर्क या लोगों से लोगों का संवाद सफलता पाने के लिए बहुत आवश्यक है, क्योंकि इस तरह आप अपनी बात को ज्यादा-से-ज्यादा लोगों तक पहुँचा सकते हैं।

अगर किसी व्यक्ति के दिल में आपके प्रति मतभेद, दुर्भावनाएँ और नफरत भरी हो, तो आप नेक नीयत से भरे तर्कों के सहारे उसे नहीं जीत सकते। उसे बलपूर्वक आपसे या मुझसे सहमत नहीं किया जा सकता, लेकिन उसका नेतृत्व किया जा सकता है, कभी नरम होकर और कभी दोस्ताना व्यवहार से।

अगर किसी से कुछ पाकर या न पाकर भी हम बदले में उसे सच्ची

तारीफ नहीं दे सकते, अपने स्वार्थ में अंधे होकर उसकी घोर उपेक्षा करते हैं तो हम चाहे कितने भी दौलतमंद हों, असफल रहेंगे। अगर कुछ लोग महत्त्व पाने की लालसा में उन्माद की हद से आगे गुजर जाएँ तो कल्पना कीजिए, ऐसे लोगों की सच्ची तारीफ करके हम और आप उनके जीवन में कितना चमत्कार ला सकते हैं? अगर कृतज्ञता हमें न मिले तो परेशान होने की जरूरत नहीं है। लोगों का यह स्वभाव होता है कि वे एहसान को भूल जाते हैं। इसलिए अगर हम कृतज्ञता की खोज में निकलेंगे तो हमारा दिल घोर पीड़ा से भर उठेगा।

जीवन का जादू इसमें छिपा है कि बीते कल की किताब को समाप्त कर नया अध्याय शुरू किया जा सकता है।

अगर कोई आप पर आँख बंद करके भरोसा करे, तो आप उसका भरोसा तोड़कर यह एहसास मत करवाओ कि वह अंधा है। अगर कोई आपका दिल दुखाए तो निराश मत होना। याद रखना कि जिस पेड़ पर सबसे अधिक फल होते हैं, उसी पेड़ पर सबसे अधिक पत्थर पड़ते हैं। अगर कोई प्रतिकूलता आप पर हावी हो, तो बस यूँ समझ लें कि यह एक पर उसी तरह हावी है और जरा भी विचलित हुए बगैर उसी अनुपात के लाभ खोजने में जुट जाएँ तथा उसे पुष्पित-पल्लवित अवसर में बदल डालें।

अगर कोई यह समझता है कि खुशियाँ मेरे नसीब में हैं ही नहीं, प्यार मुझे मिलता ही नहीं या वह इस वहम का शिकार है कि हँसी में मेरा कोई हिस्सा नहीं, तो ऐसे व्यक्ति की तुलना उस किसान से की जा सकती है, जो इस आशंका में अपना खेत ही नहीं जोतता कि इस साल बारिश होगी ही नहीं और सूखा पड़ना तय है। अगर कोई व्यक्ति कहता है कि आपका सोचना गलत है और आप भी हकीकत जानते हों, लेकिन आप अपनी बात पर अड़े रहते हैं। मैं दूसरे तरीके से सोचता हूँ कि हाँ, मैं गलत हो सकता हूँ। अकसर मैं गलत होता भी हूँ और अगर मैं गलत हूँ तो सही को सामने लाना चाहूँगा तथ्यों की जाँच करके। इससे जादू होता है, सकारात्मक जादू। इसे करें।

अगर कोई व्यक्ति निष्पक्ष ढंग से सही तथ्यों को जुटाने में वक्त लगाए तो ज्ञान के प्रकाश में उसकी सारी चिंताएँ काफूर हो जाएँगी। अगर जिंदगी में कुछ पाना हो तो तरीके बदलो, इरादे नहीं। अगर आप इन सभी अवसरों पर अपने विचारों, कृत्यों और वाणी को अपने नियंत्रण में रख सकते हो तथा स्वयं को केवल उन्हीं चीजों को करने की अनुमति देते हो, आगे चलकर चरित्र विकास के लिए अनुकूल होगा, तो फिर प्रकृति के भीतर या बाहर ऐसी कोई शक्ति नहीं है, जो आपको एक अच्छा चरित्र, अच्छा व्यक्तित्व प्राप्त करने से रोक सकती हो।

देख सफलता बैठी है,
पहनाने को हार!
देखो खुद को, पूछो खुद से
क्या मैं हूँ तैयार!!

सफर

उत्तम चरित्र—आकर्षक व्यक्तित्व की ओर

□

2

व्यक्तित्व निर्माण की तैयारी
(Personalitiy Development)

अगर आपको नींद नहीं आ रही, तो उठें और कुछ करें बजाय लेटे रहने और चिंता करने के। नींद की कमी नहीं, चिंता आपको नुकसान पहुँचाती है। अगर दस बार सफलता हासिल हुई है, तो नौ बार का श्रेय कड़ी मेहनत को जाता है। सफलता हासिल होने पर हम कौशल और भाग्य की बात करते हैं, मगर अकसर इन जरूरी बातों को भूल जाते हैं कि उसके पीछे हमने कितने घंटे लगाए थे, कितनी मेहनत की थी और कितनी बार हम नाकाम हुए थे ?

अगर परिश्रम पूर्ण लगन और संयम के साथ किया गया हो, तब सफलता मिलनी निश्चित है। हर कार्य में सफलता प्राप्त करने के लिए एकाग्रचित्त (Focussed) होना भी अत्यधिक आवश्यक है। ऊँची-से-ऊँची चोटी पर पहुँचना हो, तो अपना सफर निचली-से-निचली सतह से प्रारंभ करें और अपने काम से जिसका संबंध हो, ऐसी किसी भी बात को व्यर्थ और अनुपयोगी समझकर बेकार न जाने दें, बल्कि उसका पूरी बारीकी के साथ अध्ययन कर ज्ञान प्राप्त करें। यह सब तभी संभव है, जब आपके पास आत्मविश्वास की पूँजी हो।

अगर योग्य नहीं हैं तो लगातार अभ्यास से स्वयं को योग्य बनाएँ। फिर एक दिन सुबह की किरण फूटेगी, जो योग्यता का संकेत होगी। अगर लगन से कुछ फायदा पाना है तो हमें सही लक्ष्य को ध्यान में रखना जरूरी है। कई

लोग ऐसी-ऐसी चीजों के पीछे भागते हैं, जिनसे खुशी नहीं मिलती। अगर लगने लगे कि लक्ष्य हासिल नहीं हो पाएगा, तो लक्ष्य को नहीं, बल्कि अपने प्रयास के तरीकों (Working Style) को बदलें।

अगर लोग अपने जीवन की महान् ऊँचाइयों को हासिल करते हैं या गुमनामी के अँधेरे में खो जाते हैं, तो यह उनकी सोच की वजह से होता है, जिसे वे अपने दिमाग पर हावी होने देते हैं। अगर सीखना है तो ध्यान से सुनें। लोग ध्यान से बात सुननेवालों को पसंद करते हैं। अगर हम अपने उद्देश्य के प्रति लगनशील होंगे तो अवश्य ही अपने लक्ष्य में सफल होंगे। कई बार हम देखते हैं कि हम पूर्व में उद्देश्य निर्धारित कर लेते हैं और आत्मविश्वास भी होता है, परंतु उद्देश्य (Goal) प्राप्ति हेतु कड़ी मेहनत नहीं करते, इस प्रकार हम असफल हो जाते हैं।

3 Tips to remain Top class organization

- **Focus on making peoples life better**
- **Become implaceble**
- **Continously Upgrade**

अगर हम शुरुआत नहीं कर सकते तो हम कभी पूरा भी नहीं कर सकते। अगर हम समय-समय पर इसकी जाँच करते रहें कि हम अपनी जिंदगी को कैसे चला रहे हैं, तो यह बुद्धिमानी की बात होगी। साथ ही, हमें खुद से यह सवाल पूछते रहना चाहिए कि हमारी जिंदगी कौन सा मोड़ ले रही है और क्या हमें कुछ फेर-बदल करने की जरूरत है? अपने मन में यह बात साफ-साफ रखना बहुत जरूरी है कि आखिर हम क्या हासिल करना चाहते हैं और क्यों? अगर हमारे मन में अपनी मंजिल एकदम साफ दिखती है तो हम इतनी जल्दी हार मानने को तैयार नहीं होंगे।

अगर हमें असफलता के दौर से न गुजरना पड़े तो कभी भी सफलता का स्वाद उतना अच्छा नहीं लगेगा। अचानक अथवा बिना परिश्रम किए मिलनेवाली विजय कोई महत्त्व नहीं रखती। हम उसका मूल्य नहीं जान पाते, जबकि वह विजय आनंददायक होती है, जो खूब लड़ने से प्राप्त होती

है। मनुष्य की बल-वृद्धि इच्छाशक्ति के उस संघर्ष का फल है, जिसमें कठिनाइयों का मुकाबला करना पड़ता है। हम इसे 'प्रयत्न' भी कह सकते हैं।

अच्छी शिक्षा एवं संगत

अच्छी शिक्षा पाने में बहुत सी कठिनाइयों का सामना करना पड़ता है, इसके विपरीत गलत शिक्षा बहुत आसानी से मिल जाती है। सफलता प्राप्त करनेवाले गलत शिक्षा कभी ग्रहण नहीं करेंगे, क्योंकि उन्हें इधर-उधर भटकना नहीं है, अपितु अपना उद्‌देश्य पूरा करना है, अपने लक्ष्य को भेदना है। अच्छी शिक्षा सभी के लिए सफलता के द्वार खोलती है और उद्‌देश्य की पूर्ति के लिए अग्रसर करती है। दूसरी ओर, यदि कोई व्यक्ति शिक्षा को मात्र औपचारिकता के लिए ग्रहण करता है तो वह असफलता की ओर बढ़ता है। साथ ही, वह अपने उद्‌देश्य से भी भटका होता है। फिर वह सफल कैसे हो सकता है ?

अच्छी संगति एवं उत्तम विचारों से आदर्श सोच विकसित होती है। अच्छी सोच में उदासी, खिन्नता और निराशा के लिए कोई जगह नहीं है। अच्छी सोच कारण और परिणाम के बारे में विचार करती है, ताकि इसकी योजना तार्किक एवं रचनात्मक (Logical and Creative) हो, वहीं बुरी सोच अकसर तनाव और परेशानी का सबब बन जाती है।

अच्छे गुण होंगे तो आदमी सफलता की सीढ़ियाँ चढ़ता चला जाएगा, क्योंकि कार्यकुशलता ही सर्वोत्तम गुण है, जिसके कारण व्यक्ति को सम्मान मिलता है। अच्छे लोगों की संगत से अच्छी शिक्षा प्राप्त होती है, जो सफलता के लिए अत्यंत आवश्यक है। इसके विपरीत, यदि गलत संगत करेंगे तो स्वाभाविक है कि गलत ही शिक्षा मिलेगी और वह गलत शिक्षा असफलता की ओर ले जाएगी।

अच्छे-से-अच्छे शस्त्र और औजार तब तैयार होते हैं, जब वे कई बार अग्नि में तपाए जाते हैं, हथौड़े से पीटे जाते हैं और सान पर चढ़ाए जाते हैं। लोहा स्वयं एक बहुत दृढ धातु है। हीरे का तो कहना ही क्या है, वह अत्यंत कठोर पदार्थ है, परंतु इनमें उपयोगिता और चमक-दमक कुटाई-पिसाई और

रगड़ाई बिना नहीं आ सकती। इसी प्रकार मनुष्य में चाहे जितने गुण हों, परंतु जब तक वह आपत्तियों का शिकार नहीं होता और उसको कष्ट के धक्के नहीं लगते, तब तक उसका गुण, उसका श्रेष्ठ रूप प्रकट नहीं होता।

अच्छी शिक्षा एवं संगत के द्वारा व्यक्ति अपने भाग्य का निर्माता बन स्वयं को सफलता की ओर ले जाता है। उसे कोई भय नहीं सताता।

सच्ची शिक्षा की खोज

प्रत्येक युवा को युवावस्था में ही जान लेना चाहिए कि अपने जीवन से मिलनेवाले किस रस का उसे पान करना है और किस रस को दूर से ही विष के जैसा जानकर त्याग देना है, किंतु हममें से अधिकांश लोग अभी भी आम की कड़ी गुठली को ही दाँतों से चबाने की चेष्टा कर रहे हैं, क्योंकि हमें अभी तक आम के गूदे के या नारियल की गिरी के स्वाद का कुछ पता ही नहीं है। यहीं पर विवेकपूर्वक विचार करने के कौशल को या आंतरिक इंजीनियरिंग को सीखना अत्यावश्यक हो जाता है।

हम लोग यदि सचमुच अपना भविष्य सुंदर बनाना चाहते हैं, तो हमें अपनी इच्छाओं के चयन के प्रति अत्यंत सतर्क हो जाना चाहिए तथा अपने मन में केवल उत्तम इच्छाओं को ही रहने देना चाहिए, क्योंकि यही हमारी विचारशक्ति को निर्देशित करेगीं एवं उसी से प्रेरित होकर हम कोई भी सफल कार्य करने को बाध्य हो जाएँगे। इस प्रकार उन्हीं कार्यों को बार-बार दुहराते रहने से हमें उसकी आदत हो जाएगी।

अत्यंत सफल लोग सभी विषयों में एक उदार दृष्टिकोण रखते हैं, कुछ विषयों में उनकी हमेशा विशेष रुचि रहती है। वे विषय, जिनमें उन्हें पूर्ण अधिकार प्राप्त होता है। ऐसा नहीं हो सकता कि वे हरफनमौला हों, लेकिन किसी भी फन के उस्ताद न हों, बल्कि वे कोई-न-कोई ऐसा विषय-क्षेत्र अवश्य तलाश लेते हैं, जिसमें वे पूरा ध्यान देते हैं, तब तक खोजबीन करके उसे उपयोग में लाते हैं। वे वही करते हैं, जिसके बारे में उन्हें अच्छी तरह पता होता है कि कैसे किया जाए।

अत्यधिक सफल लोगों में सामान्य बोध होता है कि उन्हें कब और क्या करना है? वे अपने दैनिक क्रियाकलापों एवं संबंधों में हमेशा सामान्य समझदारी का प्रयोग करते हैं। यह ज्ञान मुख्यत: अनुभव और दैनिक कार्यकलापों से प्राप्त होता है। सफल व्यक्ति जीवन से ही सीखते हैं, भले ही इसके लिए उन्हें कुछ अधिक मेहनत करनी पड़े, क्योंकि वे अच्छी तरह जानते हैं कि वास्तविक ज्ञान उन घटनाओं को समझने में है, जो उनके आस-पास घट रही हैं। उसके साथ ही यह समझ भी होनी चाहिए कि उनसे किस तरह सही ढंग से निपटा जाए?

Activity without Achievement is action in wrong direction.

अधिकतर व्यक्ति भविष्य की चिंता में अपना वर्तमान चौपट कर लेते हैं। बस, वे सोचते रहते हैं कि आनेवाले समय में क्या होगा? जब यह चिंता उन्हें घेरती है तो वे आज को भी भूल जाते हैं। आज के कार्य के लिए उनके पास जो ऊर्जा होती है, उसे वे भविष्य के विषय में सोचकर समाप्त कर देते हैं। चिंता कोई औषधि है, जिसे लेने से वह समस्या हल हो जाएगी। चिंता औषधि नहीं, अपितु एक धीमा विष है, जो व्यक्ति को धीरे-धीरे क्षीण करता जाता है।

अधिकांश लोग यह चाहते हैं कि जैसा वे करें, वैसा ही सब करें; जिस चाल से और जिस ढंग से वे चलते हों, उसी तरह सब चलें। यदि लोकमत से जरा भी भिन्नता हुई तो लोग भला-बुरा कहने लग जाते हैं। नए कार्य को हम डर के मारे अधूरा ही छोड़ देते हैं। उसमें हमारा या संसार का जो भला होता है, उससे हाथ धोना पड़ता है। वस्त्र के पहनने में, नौकर-चाकर रखने में, रहन-सहन में, खेतीबाड़ी, व्यवसाय करने में, इन सब कार्यों में हमने कुछ नवीनता या भिन्नता दिखाई नहीं कि संसार की जीभ हमारी बुराई करने लग जाती है। इस नकारात्मकता से बचने के लिए यदि कोई शस्त्र या अस्त्र है तो एकमात्र साहस ही है।

अध्ययन (Reading) में रुचि पैदा होगी तो जानकारी बढ़ेगी, जानकारी बढ़ेगी तो उत्तम विचार विकसित होंगे। अनंत भविष्य तुम्हारे सामने पड़ा है।

सदैव याद रखना, तुम्हारा प्रत्येक विचार प्रत्येक कार्य में संचित रहेगा। जिस प्रकार तुम्हारे द्वारा किया गया कोई असत् विचार और असत् कार्य तुम्हारे ऊपर बाघ की तरह झपट्टा मारने को तैयार है, उसी प्रकार तुम्हारे सकारात्मक विचार और कर्म हजारों देवताओं की शक्ति लेकर सदैव तुम्हारी रक्षा करने को तैयार खड़े हैं।

अनावश्यक टीका-टिप्पणी में अपनी ऊर्जा एवं अपने समय को खर्च न करें। अनावश्यक तनाव आपको आपके लक्ष्यों से भटका सकता है। स्थिति का धैर्यपूर्वक सामना कीजिए और अपने जीवन के लक्ष्यों को पुन: निर्धारित कीजिए और देखिए, कितनी जल्दी आप सफलता के कितने करीब पहुँच जाते हैं?

हमारे जीवन में कोई ऐसा चरित्र/व्यक्ति अवश्य होना चाहिए, जिसकी जीवन-शैली को समझकर और अपनाकर हम अपने भीतर आदर्श जीवन-दृष्टि का विकास कर सकें। इसके लिए ऐसे ही उत्तम साहित्य को पढ़ना चाहिए।

अनुभव और क्षमता

आपको अपनी उपलब्धियों या सफलताओं पर बहस करने की जरूरत नहीं है। यदि आप ऐसा करते हैं तो यह आपके आत्मविश्वास को घटाता है। अपनी सफलताओं को उचित ठहराने की बजाय अपने लक्ष्य को पाने के लिए अपने अनुभव और क्षमताओं को सही दिशा में बढ़ाएँ। हमेशा यह याद रखें कि हमें अपनी लड़ाई खुद लड़नी होती है। इसके लिए किसी दूसरे का सहयोग काम नहीं आता।

अनुभव का कोई विकल्प (Option) नहीं है। आप जितना अधिक और जितनी जल्दी अनुभव प्राप्त कर सकें, उतना ही अधिक आपके लिए अच्छा होगा। अनुभव प्राप्त करके आप अपने हितों और लक्ष्यों को सही दिशा में ले जा सकेंगे। अनुभव की पाठशाला में जो पाठ सीखे जाते हैं, वे पुस्तकों और विश्वविद्यालयों में नहीं मिलते। ये अनुभव पारस्परिक प्रेम से मिलते हैं, नफरत से नहीं।

अनेक महान् हस्तियों ने नफरत की भट्ठी में खुद को जलने से इसलिए बचाया, क्योंकि उनके सामने विराट् लक्ष्य थे और विराट् लक्ष्य को पूरा करने की चाह में वे इस भट्ठी में खुद को झोंकने से बचाने में कामयाब रहे। अपना दृष्टिकोण सदैव सकारात्मक रखें। अपने ऊपर एवं दूसरों पर सदैव विश्वास करें। अपने अंदर प्रत्येक कार्य के प्रति अनुशासन लाएँ। जिस कार्य को शुरू करें, उसे कभी अधूरा न छोड़ें। अपना ध्यान अपनी कमजोरियों की बजाय अपनी क्षमताओं पर लगाएँ। उन विषयों पर ध्यान केंद्रित करें, जहाँ आपने अपनी क्षमता का सबूत दिया है। साथ ही अपनी कमियों, कमज़ोरियों पर भी अंकुश लगाना चाहिए और उन्हें दूर करने की चेष्टा करनी चाहिए, किंतु इस प्रक्रिया में भी आपका ध्यान आपकी क्षमताओं पर रहना चाहिए।

भाग्य की चाबी

अपना भाग्य बदलने के लिए सभी लोग लालायित रहते हैं और तुरंत परिणाम भी चाहते हैं, परंतु अधिकांश लोग सफलता के लिए मेहनत करना नहीं चाहते। उन्हें कुछ हासिल नहीं हो सकता। अपना भाग्य स्वयं बदलने के लिए आवश्यकता है कि व्यक्ति के विचार अच्छे हों; उसके विचार भटकें नहीं। जब मन इधर-उधर भटकेगा तो विचार भी भटकेंगे और गलत विचार, जैसे—ईर्ष्या, क्रोध, घृणा आदि मन में जगह बना लेंगे। गलत विचार किसी भी व्यक्ति को बहुत जल्दी अपनी गिरफ्त में ले लेते हैं और यदि जल्दी ही उनसे छुटकारा नहीं पाया जाता तो वे व्यक्ति को असफलता की ओर ले जाते हैं। इन सब विचारों से उत्पन्न होती है चिंता, जो व्यक्ति को खोखला बनाती जाती है। चिंता चिता के समान होती है, इसलिए चिंता को पनपने नहीं देना चाहिए अन्यथा वह बहुत जल्दी ही चिता का रूप ले लेती है।

अपना मनपसंद काम करने की हिम्मत करना थोड़ा डरावना और उत्तेजनापूर्ण कार्य है, लेकिन दृढ विश्वास, सूझ-बूझ, थोड़ा सा प्रोत्साहन तथा भावनात्मक सहारा पाकर कोई भी सपना वास्तविकता में बदला जा सकता है। अपना लक्ष्य निर्धारित करके ही उस सफलता की ओर बढ़ें। ऐसा न हो

कि आपकी नीति के ढुलमुल हो जाने से असफलता ही हाथ लगे। एक से अधिक लक्ष्य होने पर उनकी प्राथमिकता के अनुसार निश्चित करें और निष्ठा व लगनपूर्वक हर लक्ष्य की ओर बढ़ें, ताकि सफलता मिले।

अपना विश्वास और उम्मीद जिंदा रखेंगे तो आपके डर लुप्त हो जाएँगे। अपनी असफलताओं के लिए दूसरों को दोष देना छोड़ें। इसका कारण हमारा अपना विलंब हो सकता है। जिस वक्त आप अपने काम के प्रति जवाबदेह हो जाते हैं, आप जिम्मेवार होते हैं। मजबूत पक्ष उभारें। अपने मजबूत पक्षों और क्षमताओं को जानें। अपने लक्ष्य बड़े बनाएँ। इसका नतीजा होगा कि आप उन्हें हासिल करने की दिशा में अपने कदम आगे बढ़ाएँगे।

Success tips on handling People

- **Understand the mood & handle accordingly**
- **Maintain inner calmnen & peacefulness**
- **Respond with deep & unshakable voice**
- **Don't get provoked**

अपनी असफलताओं को खुद पर हावी मत होने दो, बल्कि असफलताओं को ही अपनी सफलता की सीढ़ी के रूप में इस्तेमाल करो। अपनी इंद्रियों पर काबू रखनेवाला व्यक्ति कमियों को दूर करने और उम्मीद के मुताबिक सुधार लाने का सामर्थ्य रखता है। अपनी इच्छा को पूरा होते देखने के लिए तथा अपने सपनों को हकीकत में बदलने के लिए किन्हीं चमत्कारों की जरूरत नहीं होती। हमें जिन साधनों की आवश्यकता पड़ती है, वे सब या तो हममें हैं या हमारे आस-पास मौजूद हैं। इन साधनों तथा उपायों को अमल में लाकर हम अपने जीवन तथा अपने भाग्य को बदल सकते हैं।

अपनी इच्छाशक्ति को दृढ बनाने के लिए किसी भी विचार में लिप्त होने के पहले या कोई भी बात कहने से पहले या कोई भी दैहिक क्रिया करने से पहले, चाहे वे कितनी भी नगण्य क्यों न प्रतीत होती हों, हर पल सावधान रहते हुए, किसी भी रूप में उन्हें पहचान लेने के लिए निरंतर सतर्क दृष्टि बनाए रखें

कि अपने विचार, कर्म या वाणी से आप जैसा भी कर्म करने जा रहे हैं, उसकी आपके मन पर छाप कैसी पड़ेगी, उसके दूरगामी परिणामों का अनुमान लगा लें, कि क्या यह कृत्य करना मेरे लिए हितकर है, क्या इसके द्वारा मुझे चरित्र के एक या कई गुणों को विकसित करने में सहायता मिल सकती है? अपनी उपलब्धियों की गिनती करें। परेशानियों की नहीं और अपनी ऊर्जा बचाएँ।

क्षमताओं का पूरा उपयोग

अपनी क्षमताओं का पूरा-पूरा उपयोग करना ही सफलता की कुंजी है। इसके साथ ही उन कार्यों से बचकर रहना भी अत्यावश्यक है, जो आपकी कमजोरियों को उजागर करते हैं। लोगों की प्रवृत्ति होती है कि वे कमजोरियों को क्षमताओं में बदलने की भूल करने लगते हैं। वे प्रयास व्यर्थ हैं। आपको अपना समय अपने सामर्थ्य, अपनी शक्तियों को बढ़ाने और उनका उपयोग करने में ही लगाना चाहिए।

अपनी क्षमताओं के बारे में कभी अहंकार न करें। अहंकार के कारण आप भूल जाते हैं कि आप एक इंसान हैं और यह भी कि कोई भी मनुष्य पूर्ण नहीं है। मिथ्याभिमान आपको भुला देता है कि आप भी भूल करते हैं और यह भी कि आपमें कुछ दोष हैं, जिन्हें दूर करना जरूरी है। इसे चाहे शुद्धीकरण की प्रक्रिया कहें, आत्म-चिंतन कहें या आत्म-सुधार कहें, जो भी नाम देना चाहें, दे सकते हैं, लेकिन आपको अपने अंदर झाँकना होगा और देखना होगा कि आपकी क्या-क्या कमजोरियाँ हैं और किन दोषों से पीछा छुड़ाना है? इससे पहले कि बहुत देर हो जाए, अपनी कमजोरी को अपनी ताकत में बदलने का प्रयास करें और याद रखें कि अपने दोषों व कमजोरियों को पहचानना अपने सामर्थ्य, अपनी शक्ति का दावा करने की ओर पहला बड़ा कदम साबित होता है।

अपनी क्षमताओं को जानने से पहले अपनी दुर्बलताओं को पहचानना अधिक महत्त्वपूर्ण है। व्यक्ति की सबसे बड़ी कमजोरी यह होती है कि उसमें अपनी कमजोरियों को पहचानने की क्षमता का अभाव होता है। अपनी

क्षमताओं को ठीक से जान लेना महत्त्वपूर्ण है और तब हम आगे बढ़ने तथा अपने जीवन को बेहतर बनाने के लिए उन क्षमताओं का उपयोग कर सकते हैं, लेकिन अगर हमें अपनी दुर्बलताओं का पता नहीं होगा या हम उन्हें पहचानते तो हैं, लेकिन उनकी अनदेखी कर देते हैं तो वे हमारे पतन का कारण बन सकती हैं। हमारी कमजोरियाँ हमारी क्षमताओं को कमजोर कर देंगी तथा उन्हें नकारात्मकता में बदल देंगी, जिनसे हम बचना चाहते हैं।

अपनी क्षमताओं को समझें। आत्मसम्मान की भावना विकसित करें। प्यार की भाषा बोलें। किसी के साथ ऐसा व्यवहार बिल्कुल भी न करें, जैसा कि आप अपने लिए नहीं चाहते हैं। समझदारी और विश्वास का सही इस्तेमाल करना सीखें। किसी की बातों पर पूरी तरह भरोसा तो करें, लेकिन मन में एक प्रश्न-चिह्न भी रखें। इससे आप धोखा नहीं खाएँगे।

अपनी प्रतिष्ठा (Prestige) की तुलना में अपने चरित्र के लिए अधिक चिंतित हों। चरित्र से आपकी पहचान होती है, जबकि प्रतिष्ठा केवल आपके प्रति दूसरों के दृष्टिकोण से जुड़ी होती है। अपनी जन्मजात प्रतिभा का समुचित उपयोग करें। यदि आपके पास उस प्रतिभा को विकसित करने की मजबूत इच्छा है तो आप उस प्रतिभा को विकसित कर पाने में निश्चित रूप से कामयाब होंगे। अपनी दीवानगी का पीछा करें और वही करें, जो आपको पसंद है। जब आप अपनी रुचि का कुछ कर रहे होते हैं, तो आप अपने आंतरिक (Internal) ऊर्जा स्रोत का उपयोग करेंगे और सारे समय प्रोत्साहित अनुभव करेंगे।

अपनी पसंद और अपनी नैसर्गिक क्षमता के आधार पर आप उन जीविकाओं की पहचान कर सकते हैं, जो आपको मनचाही जीवन-शैली का इच्छित (Desirable) लाभ दिलाने में सहायक हो सकती हैं। अगर आप जल्दी-जल्दी यात्रा करने की इच्छा रखते हैं और एक गतिशील व्यवस्था के स्वामी बनना चाहते हैं तो आप मार्केटिंग का कॅरियर चुन सकते हैं, इस लक्ष्य के साथ कि आप अपनी कंपनी स्थापित करेंगे या किसी बड़ी कंपनी के प्रमुख बनेंगे।

अपनी शक्ति को एक ही दिशा में केंद्रित करके अपनी पूरी प्रतिभा के साथ जब व्यक्ति किसी कार्य को करता है तो निश्चित ही उसके परिणाम अचरज भरे होते हैं। ऐसे अनेक लोग हैं, जिन्होंने अपने जीवन में कभी स्कूल का मुँह तक नहीं देखा। उन लोगों पर आज सभ्य व शिक्षित समाज के लोग शोध करने में जुटे हैं। यह सब कैसे संभव हुआ ? यह उच्चस्तरीय रचनात्मक सोच का परिणाम है। यह सोच का वह स्तर है, जो किसी भी साधारण कार्य को असाधारण की श्रेणी में ला खड़ी करती है।

हटा अपनी दुर्बलताएँ, कर विकसित अपनी क्षमता!
बढ़ा अपनी कल्पना शक्ति, देख नजदीक आती सफलता!!

सफर
सहज हो जाता है अगर खुशी से किया जाए।

□

3

चिनगारी को ज्वालामुखी में बदलना होगा

(Time to Take Action)

अपनी शक्ति को कभी कमतर न समझें, क्योंकि एक छोटी सी चिनगारी भी विशाल वन को जलाकर राख कर सकती है। अपनी शक्ति को नीरसता में तब्दील न होने दें। उसे सकारात्मक रूप देने का प्रयास निरंतर जारी रखें। जुट जाएँ सफलता पाने की चेष्टा में। इस प्रकार आप आत्मसम्मान से इस समाज में जी सकते हैं। इस प्रकार, जुट जाएँ संपूर्ण शक्ति के साथ, पहनाएँ अपनी मेहनत को सफलता का जामा और बना दें चिनगारी को दहकता हुआ ज्वालामुखी।

अपने जीवन के लिए आप खुद जिम्मेदार हैं। कोई दूसरा बाहरी कारण, जिसे आप बदलना चाहते हों, वह आपकी अपनी जिम्मेदारी है। जो लोग आपके विकास में मददगार होंगे, उनसे मेल-जोल रखना, संपर्क बनाना आपकी जिम्मेदारी है। समय को बाँधकर रखने की कला सीखना आपका उत्तरदायित्व है, ताकि आप कारगर ढंग से काम का बँटवारा कर सकें और अपनी रुचियों के लिए समय निकाल सकें। अपनी निपुणताओं (Proficiency) का प्रभावी रूप से उपयोग करना आपकी जिम्मेदारी है। अपनी उमंग, अपनी चाहत के क्षेत्रों की खोज करना और उसमें छलाँग लगाने से पहले उसके बारे में पर्याप्त जानकारी प्राप्त करना आपकी जिम्मेदारी है। हर किसी को अपने जैसा बनाना आपकी जिम्मेदारी नहीं है। जो कोई आपके लिए अच्छा नहीं है, उससे

संबंध जोड़ने हेतु आपकी यह जिम्मेदारी नहीं है कि आप खुद को बिगाड़ें। लोग आपके बारे में जो कुछ भी पूछें, उसके लिए आपको हर बार 'हाँ' कहने की जरूरत नहीं है। जीवन के उस मार्ग से चिपके रहना आपकी जिम्मेदारी नहीं है, जो आपकी समझ से बाहर है और आपको विकसित नहीं होने देता है।

अपनी सफलता के अवसर को भाग्य, भ्रष्टाचार व धन की कमी जैसे कुंठित (Blunt) विचार लाकर अवसर को मत टालिए, जुट जाएँ सफलता पाने की चेष्टा में। इस प्रकार आप आत्मसम्मान से इस समाज में जी सकते हैं। अपनी सोच की दिशा बदलें और हर चीज के बारे में सकारात्मक सोचें। अपने हर दिन की शुरुआत इस सोच के साथ करें कि मुझे अपने कार्य में सफलता अवश्य मिलेगी और मैं अपने लिए निर्धारित कार्यों को ईमानदारी से पूरा करूँगा। मनोवैज्ञानिकों का कहना है कि सकारात्मक सोच रखने से आपकी जिंदगी खुशहाल रहती है और आप हमेशा हर हाल में खुश रह सकते हैं। यही नहीं, सकारात्मक सोच का असर यह होता है कि विपरीत स्थितियों में भी आप सही निर्णय ले पाते हैं।

> **There is no readymade goal, one has to design a new purpose & with tooth grinding determination with no deviation one must hit the forget.**

अपनी सोच को सदैव बड़ा रखें, क्योंकि मौके भी उन्हीं को दिए जाते हैं, जिनके अंदर कुछ बड़ा करने की चाहत होती है। अपनी सोच को सही तरीके से सपनों को पूरा करने के लिए अमल में लाने का प्रयास करें। हर व्यक्ति के अपने सपने होते हैं, जो बहुत महत्त्वपूर्ण होते हैं। एक अच्छी सोच के बावजूद वे डरते हैं कि कहीं लोग हम पर हँसेंगे, यह जानकर आश्चर्य होगा कि ज्यादातर लोग अपने सपने इसलिए नहीं पूरे कर पाते, क्योंकि वे उनके टूट जाने या पूरा न हो पाने के डर से परेशान रहते हैं। युवाओं को स्वयं से कहना होगा कि उनमें सपनों को पूरा करने की क्षमता है और वे उन्हें पूरा होता देखेंगे।

अपने अंदर सीखने का जुनून पैदा करें। किताबें पढ़ें। अच्छी किताबों की सूची बना लें। पत्रिकाएँ पढ़ें। पढ़ने-लिखनेवालों के साथ संबंध बढ़ाएँ। उनकी बातों को ध्यान के साथ सुनें। हर चीज के बारे में खोजी सोच रखें।

अपने आत्मविश्वास और चरित्र के बल पर एक साधनरहित व्यक्ति भी महान् सफलता प्राप्त कर सकता है। अपने आदर्श तक पहुँचने के लिए आपकी आस्था व श्रद्धा आपकी बड़ी सहायता करती हैं। अपने आपको झूठे बहाने देना बंद करें। अगर आप हर काम के लिए बहाना देंगे तो आपकी सफलता भी बहाना देती रहेगी और फिर आप अपनी सफलता के लक्ष्य तक कभी नहीं पहुँच पाएँगे।

अपने आपको परखें और अपने मन में चल रही परेशानियाँ दूर करें। यह बड़ा ही सुखद होता है, जब आपको पता चलता है कि आपके पास खुद के लिए कितना समय है। अपने मन में अतीत में मिली उपलब्धियों और कड़वे अनुभवों की तस्वीर बना लें। साथ ही, अपने भविष्य की भी तस्वीर बना लें। इससे आपको प्राथमिकताओं (Priorities) को एक लय में लाने में मदद मिलेगी।

मन कितना भी जोश, उमंग और सकारात्मक सोच से भरा हो, पर दिशा गलत हो तो मंजिल कभी नहीं मिलेगी।

अपने आस-पास घटनेवाली घटनाओं की मानसिक छवि बनाने का अभ्यास कीजिए, जाहिर तौर पर आपकी याददाश्त बढ़ जाएगी। अपने उद्देश्यों, अपने कार्यों और अपनी कमजोरियों की एक सूची तैयार कीजिए। थोड़े-थोड़े दिन बाद उनमें क्या बदलाव आया है, उसको परखते रहिए। थोड़े ही समय बाद आपको अपने व्यक्तित्व में एक सकारात्मक बदलाव आता दिखाई देगा। अपने कर्तव्य के प्रति ईमानदार रहते हुए लगातार परिश्रम से अपने आत्मविश्वास को जगाया जा सकता है। इसी के बल पर अपनी संकल्पशक्ति (Will Power) को भी मजबूत किया जा सकता है। आत्मविश्वासी बनकर आप व्यक्तिगत सफलता तो पाएँगे ही, समाज में भी आपको सम्मान मिलेगा।

अपने कामों को ईमानदारी और निष्कपटता से करें। किसी भी काम को अधूरा न छोड़ें। जब तक सफलता नहीं मिलती, कोशिश करते रहें। अपने सहकर्मियों पर भरोसा रखें। अपने कार्यों को तेजी से निपटाएँ। स्वयं से प्रतिद्वंद्विता (Competition) करें। इस प्रकार आप देखेंगे कि आप कार्य को कितनी जल्दी निपटा लेंगे एवं उसमें कोई कमी भी नहीं पाएँगे। इस प्रकार अपनी दुर्बलता को भी सबलता में बदला जा सकता है।

अपने को दुर्बल समझने की भावना वास्तव में सच नहीं होती। यह तो मन की एक बीमारी है, जिसके भयंकर परिणाम होते हैं। आपको अपनी शक्ति का पता ही नहीं है। आपने बिना अपने आपको तोले यह समझ रखा है कि आप शक्तिहीन हैं, बदकिस्मत हैं। जरा सोचिए कि कोई भी व्यक्ति बदकिस्मती के चक्रव्यूह से कैसे निकल सकता है, जब तक कि उसे स्वयं ही विश्वास न हो कि वह इससे निकल भी सकता है।

रचनात्मक आलोचक बनें

अपने क्रोध पर नियंत्रण रखें। याद रखें, आप किसी भी व्यक्ति के कद को माप सकते हैं, यह जानकर कि कौन सी बातें उसे गुस्सा कर देती हैं। अपने खुद के रचनात्मक आलोचक (Critic) बनने का साहस रखें। अपनी गलतियाँ और कमजोरियाँ खोजें और फिर उन्हें सुधारें। इससे आप पेशेवर बन जाएँगे। अपने गुणों को पहचानें, उनका महत्त्व समझें। उनसे प्यार करना और उनके बारे में खुश होना सीखें, बजाय इसके कि जो योग्यताएँ आपके पास नहीं हैं, उनके बारे में सोचते रहें। प्रत्येक समस्या का बिना डरे सामना करें। इससे आपको खुशी का एहसास होगा और आप प्रसन्नचित्त हो जाएँगे। कुछ लोगों में रचनात्मकता स्वाभाविक रूप से होती है, जबकि कुछ लोग थोड़ी सी तैयारी से इसे विकसित करने में सफल हो सकते हैं।

अपने घर की दीवार पर, जहाँ आप सोते हैं, वहाँ पर भी बड़े-बड़े अक्षरों में अपने लक्ष्य को लिखें। ज्यादातर व्यक्ति अपने लक्ष्य से इसलिए भटक जाते हैं, क्योंकि वे अपने लक्ष्य को भूल जाते हैं। अगर आप अपने

लक्ष्य को लिखा हुआ हमेशा देखते रहेंगे तो आप हमेशा अपने लक्ष्य को याद करते रहेंगे और रास्ता भी नहीं भटकेंगे।

अपने जीवन की अलग-अलग परिस्थितियों को सँभालने के लिए हमें अलग-अलग किरदार निभाने पड़ते हैं। अगर आप ऐसा बखूबी कर सकें तो आप बिना किसी दिक्कत के अपनी हर जिम्मेदारी आसानी से निभा सकेंगे, लेकिन अधिकतर लोगों का व्यक्तित्व चट्टान की तरह होता है, जो हमेशा उन पर हावी रहता है। अपने जीवन की प्रत्येक गतिविधि में उनको एक आदर्श का अनुसरण करना पड़ता है। अत: स्वाभाविक रूप से उनको जमाने के प्रवाह के विरुद्ध संघर्ष करना पड़ता है।

अपने डर को पहचानें और उससे दूर करने का प्रयास करें। अपनी असुरक्षा दूर करें। उत्साह और जोश सफलता दिलाते हैं। ऐसे में कदम आगे बढ़ना आपकी क्षमताओं को बढ़ाता है। किसी नए कार्य को करने का मन बनाएँ और इसके लिए पहल करें। कितने ही लोग अपनी क्षमताओं पर यकीन न करने के कारण अपने अच्छे विचारों को बेकार कर देते हैं।

जब हम उस कार्य को करते हैं तथा उसी विशेष क्रिया को कई बार दोहराते रहते हैं, तो वह हमारी आदत बन जाती है या हमें उसकी लत पड़ जाती है और जब कोई आदत बढ़ते-बढ़ते थोड़ी और अधिक परिपक्व हो जाती है, तो वह एक प्रवृत्ति बन जाती है, जो हमें किसी विशेष स्थिति में, कोई विशेष प्रकार का कार्य करने के लिए मजबूर कर देती है।

अपने प्रगति पथ पर निरंतर आगे बढ़ते रहनेवाले आत्मविश्वासी व्यक्तियों के लिए मदद के अनसोचे व अनचाहे झरने बहते हैं। अचानक आई रुकावटों के चलते यदि थोड़ी सी देर के वास्ते रुकना या पीछे हटना भी पड़े तो हताश होने की आवश्यकता नहीं। आत्मविश्वास के धनी मनुष्यों को पता है कि जरा पीछे हटकर पुन: दौड़ लगाकर कूदने से ही लंबी छलाँग लगाई जा सकती है। लक्ष्य प्राप्ति के मार्ग के तहत यदि थोड़ा सा पीछे हटना भी पड़े तो वह संघर्ष में विजय प्राप्ति हेतु व्यूह रचना/योजना का एक अंग है।

अपने प्रतिद्वंद्वियों का आपके प्रति रुचि के लिए सच्चे दिल से शुक्रिया

अदा करें। जो कोई आपसे असहमति के लिए आपके पास ही डटा रहता है तो उसे अपने सहयोगी के तौर पर देखें, भले ही वह असहमत के तौर पर आपका सहयोग करे और इस प्रकार आप अपने प्रतिद्वंद्वियों को दोस्त बना सकते हैं। अपने प्रयासों को अच्छे से अपने जोश में लगाएँ। अपनी ऊर्जा को बिखेरें नहीं और अगर आप जीवन में सफल बनना चाहते हैं तो सदैव सीखते रहें। यह एक और महत्त्वपूर्ण सफलता का मंत्र है, जिसकी आप उपेक्षा नहीं कर सकते। अपने उद्योग में शीर्षस्थ स्थान प्राप्त करने के लिए लगातार और निरंतर उन्नति करते रहना अत्यंत महत्त्वपूर्ण है। अपने प्रयासों में पूर्णता तथा इरादों में पवित्रता लेकर कार्य करनेवाले लोग एक हजार बार हारकर भी अंतत: जीत जाते हैं। अपनी मौलिकता को बचाए रखकर कार्य करनेवाले लोगों की विजय सुनिश्चित है।

अगर आप जीवन से नकारात्मकता खत्म करना चाहते हैं, तो सकारात्मक जीवन-शैली का निर्माण करें।
The Only way to finish negative experience is by creating postive life style

अपने भरोसे पर दृढ रहें, फिर चाहे परिणाम कुछ भी हो। किसी भी बलिदान के लिए हमेशा तैयार रहें। अपने द्वारा चुने हुए रास्ते को कभी न छोड़ें। अपने भविष्य का निर्णय करनेवाली सामग्री आपको कहीं बाहर से नहीं जुटानी पड़ती, बल्कि वह तो आपके भीतर ही होती है। आपको करना केवल यह होता है कि उस भीतर की सामग्री का सही-सही उपयोग करना सीख लें। अपनी रचनात्मकता की लौ को कभी बुझने मत दीजिए। आप अपनी शारीरिक तथा मानसिक शक्ति का जिस मात्रा में उपयोग करेंगे, उसी अनुपात में आपके काम में पूर्णता आएगी।

अपने मन को बिल्कुल ही व्याकुल या परेशान मत होने दें और अपने मन में सदा अच्छे विचारों को स्थान दें। अपने मन के विचारों को शीघ्र कार्य में बदल दें। विचारों के अनुसार कार्य न किया जाए तो वे विचार केवल स्वप्न मात्र हैं। मुकाबला और मुठभेड़ करने से न घबराएँ। काम किए जाएँ। मुकाबला आखिर मनुष्य ही से तो है। फिर डरने की कौन सी बात है ? अपने

मस्तिष्क को अपना रास्ता स्वयं खोजने की शक्ति दीजिए। मेहनत कीजिए, लेकिन बिना योजना के नहीं। एक-एक कदम उठाइए। जब एक कदम उठा चुके हों, तब तैयारी करें। आकांक्षा क्षणिक नहीं होती, न ही उन्मादी होती है। आवेग कहता है—रुको मत, चलते रहो। ढलो मत, निखरते रहो।

अपने मस्तिष्क को संकुचित न बनाएँ। सदैव ऐसे लोगों के साथ संबंध रखें, जिनके नए-नए विचारों व कार्य करने के नए तरीकों से आप लाभान्वित हों। अपने आपको सदैव विभिन्न व्यवसायों एवं सामाजिक हितोंवाले व्यक्तियों से जोड़े रखें। अपने मिशन में कामयाब होने के लिए आपको अपने लक्ष्य के प्रति एकचित्त व निष्ठावान होना पड़ेगा। अपने लक्ष्य को इतना महान् बना दो कि व्यर्थ के लिए समय ही न बचे। अपने लक्ष्य को सकारात्मक तरीके से निर्मित करना चाहिए, न कि नकारात्मक भाव से। लक्ष्य का उद्देश्य आपको गतिशील बनाए रखने, प्रेरित करने के लिए होना चाहिए। जब आप अपना लक्ष्य निर्धारित करें तो यह भी सुनिश्चित (Make Sure) कर लेना चाहिए कि आप अपनी क्षमताओं व शक्तियों का पूरा उपयोग कर रहे हैं। लक्ष्य हासिल करने के लिए आपको अपनी क्षमताओं का भी पता होना चाहिए। ऐसे बहुत से लोग हैं, जो अपने जीवन में बहुत आगे बढ़ सकते थे, लेकिन उन्होंने अपनी क्षमताओं का इस्तेमाल ठीक ढंग से नहीं किया और अपने लक्ष्य को सीमित दायरे में ही रखा।

एक अच्छा इंसान बनना ही अपने आप में सबसे बड़ी मेहनत से पाई जाने वाली उपलब्धि है।
Becoming a Good HUMAN BEING is the toughest job then any other achievement.

अपने लक्ष्य को सही दिशा दीजिए। मतलब, एक योजना बनाइए कि कौन सा कार्य आपको पहले करना होगा और कौन सा उसके बाद? इसके साथ-साथ आप यह भी योजना बनाइए कि किसी कार्य को करने में क्या-क्या आवश्यकता होगी और क्या आपके पास वे जरूरी संसाधन मौजूद हैं? अपने वर्तमान हालात पर स्वयं को कोसना, केवल अपनी ऊर्जा को बरबाद

करना ही नहीं है, बल्कि अपनी आदतों में शामिल सबसे खराब आदत है। अपने विषय में एक सूची बनाएँ कि आप क्या हैं? अपनी क्षमताओं और अच्छाइयों को लिखें। अपने दोष, कमियों और बुराइयों को लिखें। अपने दोषों और कमियों को धीरे-धीरे दूर करें और अपनी अच्छाइयों को याद रखें। ये अच्छाइयाँ आपको हर मंजिल तक ले जा सकेंगी।

अपने व्यक्तित्व का विकास करने की असीम (Unlimited) संभावनाएँ आपके अंदर हैं, बशर्ते कि आपका चरित्र मजबूत हो। तभी आप उन संभावनाओं को पहचान सकेंगे और समझ सकेंगे। जो दौलत आपने कमाई है, वह महत्त्वपूर्ण नहीं है। महत्त्व इस बात का है कि उस धन-दौलत को अर्जित करने के लिए आपने किन उपायों को अपनाया है? आपके चरित्र को निर्धारित करने में आपका व्यक्तित्व, आपकी क्षमताएँ, आपके विचार और आपके आदर्श, सभी बहुत महत्त्व रखते हैं। अपने व्यक्तित्व को ऐसा बनाएँ कि दूसरे आपको अपना आदर्श मानें। जब आप कठिन परिस्थितियों में भी अपना दिमागी संतुलन बनाए रखेंगे, हर हाल में खुश रहेंगे, दूसरों के सुख-दुःख में उनकी मदद करने को हमेशा तत्पर रहेंगे तो आप किसी आदर्श व्यक्ति से कम नहीं होंगे। सोचिए, आखिर आप अपने पिता, माता या गुरु को अपना आदर्श क्यों मानते हैं? उनमें जरूर ऐसे गुण होंगे, जो हर किसी को प्रभावित करते होंगे, तो क्यों न आप भी दूसरों के आदर्श बनें।

स्वामी विवेकानंद कहते हैं, कुछ लोग जन्म से ही सुखी होते हैं और पूर्ण स्वास्थ्य का आनंद भोगते हैं। उन्हें सुंदर शरीर, उत्साहपूर्ण मन और सभी आवश्यक सामग्रियाँ प्राप्त रहती हैं। दूसरे कुछ लोग जन्म से ही दुःखी होते हैं। किसी के हाथ या पाँव नहीं होते, तो कोई मूर्ख होते हैं और येन-केन-प्रकारेण अपने दुःखमय जीवन के दिन काटते हैं। ऐसा क्यों? क्योंकि वे केवल सोचते हैं, हकीकत में कोई पुरुषार्थ नहीं करते।

आप अपने सपने को जीवंत बनाने के लिए अपनी योग्यता तथा शक्ति को पहचानें। यदि कोई आपकी सफलता से जलता है या क्रोधित होता है तो होने दीजिए, क्योंकि यह एक स्वाभाविक मानवीय प्रवृत्ति है। इस तरह के लोग

जो करना चाहते हैं, उन्हें करने दीजिए, ऐसे लोग दूसरों की गलतियाँ निकालने या गप हाँकने में समय बरबाद करने के सिवा और कुछ नहीं कर सकते। अपने सहभागी व साथियों के प्रति सदैव प्रेमात्मक व सहयोगात्मक दृष्टिकोण रखें, जो स्वार्थ से परे हो। अपने सुख को विस्तृत (Expand) कर लो और सबको सुखी बनाओ।

याद रखें कि समय किसी का इंतजार नहीं करता। बीता कल इतिहास है, आनेवाला कल रहस्य, आज एक वरदान, इसलिए कहलाता है वर्तमान।

चिंगारी ज्वाला बनी, जब मिला चरित्र का साथ!
सब खुशियाँ आन मिलीं, लगी सफलता हाथ!!

सफर

में आनेवाली रुकावटों का सामना करना होगा।

□

4

अभ्यास, अभ्यास और केवल अभ्यास
(Practice for Perfection)

अब्राहम लिंकन ने एक बार कहा था कि ज्यादातर लोग उतने ही सफल होते हैं, जितना वे अपने दिमाग को इसके लिए तैयार करते हैं।

अभ्यास, अभ्यास और केवल अभ्यास के जरिए ही सफलता के मार्ग पर में आनेवाली बाधाओं और उनके भय से मुक्त हुआ जा सकता है। अभिलाषा तभी फलदायक होती है, जब वह दृढ निश्चय में बदल कर दी जाती है। अभ्यास की मात्रा कम या ज्यादा होने से कोई फर्क नहीं पड़ता। महत्त्व केवल निरंतर अभ्यास का होता है। अभ्यास के बिना कोई तैयारी संपूर्ण नहीं हो सकती। अभ्यास ही परिपूर्ण (Complete) बनाता है। आप अपना काम जितने अच्छे तरीके से करेंगे, आप उसमें उतने ही कुशल होंगे और एक समय के बाद आपमें इतना सामर्थ्य और आत्मविश्वास आ जाएगा कि जिस क्षेत्र में आप हैं, उसमें आपकी टक्कर का शायद ही कोई और होगा।

व्यवहार में हम अमूमन कुछ अप्रिय प्रसंगों का सामना करते हैं। ऐसे में अनावश्यक प्रतिक्रिया से बचकर हम अपनी ऊर्जा और समय को बचा सकते हैं। विवेक के प्रयोग से हम विरोधियों को भी सकारात्मक संदेश दे सकते हैं।

पुराण कहते हैं—

जो मनुष्य बैठा रहता है, उसका सौभाग्य भी रुका रहता है। जो उठ खड़ा होता है, उसका सौभाग्य भी उसी प्रकार उठता है। जो पड़ा या लेटा

कुछ पाने के लिए चाह और दक्षता में से चाह को चुनें।
It you have to recruit between will & skill, always go for will.

रहता है, उसका सौभाग्य भी सो जाता है और जो विचरण में लगता है, उसका सौभाग्य भी चलने लगता है। इसलिए आप विचरण ही करते रहो—चर एव।

निरंतर चलनेवाले की जंघाएँ पुष्पित होती हैं, अर्थात् उस वृक्ष की शाखाओं-उपशाखाओं की भाँति होती हैं, जिन पर सुगंधित एवं फलीभूत होनेवाले फूल लगते हैं और जिसका शरीर बढ़ते हुए वृक्ष की भाँति फलों से पूरित होता है, अर्थात् वह भी फल ग्रहण करता है। प्रकृष्ट मार्गों पर श्रम के साथ चलते हुए उसके समस्त पाप नष्ट होकर सो जाते हैं, अर्थात् निष्प्रभावी हो जाते हैं। अतः आप चलते ही रहो, विचरण ही करते रहो—चर एव।

परिश्रम से थकनेवाले व्यक्ति को भाँति-भाँति की श्री यानी वैभव-संपदा प्राप्त होती है। एक ही स्थान पर निष्क्रिय बैठे रहनेवाले विद्वान् व्यक्ति तक को लोग तुच्छ मानते हैं। विचरण में लगे जन का इंद्र, यानी ईश्वर साथी होता है। अतः चलते ही रहो, विचरण ही करते रहो—चर एव।

अवगुण त्यागें, अवसर पकड़ें

अवगुण व्यक्ति की सफलता में बाधक और असफलता के साथी हैं। जिस समय व्यक्ति सफलता प्राप्त करने के लिए दृढ निश्चय करता है, उसी समय उसके अवगुण उससे दूर भागने लगते हैं। व्यक्ति को दूसरों के गुणों को अपनाना चाहिए और अवगुणों को छोड़ देना चाहिए। दूसरों के गुण देखने चाहिए और स्वयं के अवगुण, यही अपना भाग्य बदलने और सफल होने का महामंत्र है। अवगुण व्यक्ति के वे दोष हैं, जो उसे नाकारा, आलसी, चापलूस, अभिमानी, क्रोधी, लालची तो बनाते ही हैं, साथ ही उसे अंदर से खोखला भी कर देते हैं, अर्थात् यह कहा जा सकता है कि यह वह दीमक है, जो व्यक्ति को असफलता तो देती ही है, साथ ही उसे नष्ट भी कर देती है।

अवगुण व्यक्ति के सोचने-समझने की शक्ति को समाप्त कर देते हैं। उसे जीवन में नकारात्मकता का पाठ पढ़ाते हैं। उसे उसके गुणों से विमुख कर देते हैं। उसे कुंठित कर देते हैं। इन अवगुणों के प्रभाव से वह अपना कर्म भूलकर अपने कार्यों को बिगाड़ना प्रारंभ कर देता है और जीवन में असफल हो जाता है। इन अवगुणों के कारण व्यक्ति स्वयं के लिए ही नहीं, अपितु समाज के लिए भी हानिकारक होता है, क्योंकि वह स्वयं तो कुछ कर नहीं सकता, बल्कि जहाँ रहता है, वहाँ के वातावरण को भी दूषित कर देता है। अवगुण से ऊपर उठकर ही हम आए हुए अवसर को पहचानकर उससे लाभ ले सकते हैं।

अवसर एक वरदान की तरह होता है, जो जीवन में बार-बार नहीं आता। अत: उसके स्वागत के लिए सदैव तैयार रहना चाहिए और पूर्ण आत्मविश्वास और निष्ठा के साथ सामने आए हुए अवसर का लाभ उठाना चाहिए।

अवसर कभी-कभी व्यक्ति को स्वत: ही मिल जाते हैं। बस, आवश्यकता होती है उन्हें पहचानने की, उन्हें पकड़ने की। जो व्यक्ति अवसर को पहचान लेता है, वह भाग्य निर्माण के सूत्र को पा लेता है अर्थात् उस अवसर का लाभ उठा लेता है। कभी-कभी अवसर पैदा करने पड़ते हैं, लेकिन यहाँ भी वही बात लागू होती है कि अवसर का उचित लाभ उठाना। अवसर बनाकर अर्थात् पैदा करके भी यदि उनका समुचित लाभ न उठाया जाए तो वह प्रयास विफल होगा।

अवसर की प्रतीक्षा करनेवाले व्यक्तियों को महान् या सर्वोत्तम नहीं कहा जा सकता। महान् व्यक्ति तो वे हैं, जो अवसर को अपना अनुगामी, अपना दास, अपना आज्ञापालक बना लेते हैं। लाखों अवसरों को खोजने पर शायद ही कोई ऐसा अवसर मिले, जो विशेष रूप से आपकी सहायता कर सके। यदि आप विचार करेंगे तो आपको पता लगेगा कि अवसर आपके सामने सदैव उपस्थित होते रहते हैं।

अवसर की प्रतीक्षा में मत बैठो। आज का अवसर ही सर्वोत्तम है। अवसर के अनुरूप ही बात करें। दूसरे की बात सुनें ज्यादा, अपनी बात कम करें। अवसर व्यक्ति के जीवन में सफल भाग्य निर्माण के वे सोपान हैं, जिन्हें पाकर वह सफलता की सीढ़ियाँ चढ़ता है। जब व्यक्ति को उचित अवसर

मिले, तब उसे तुरंत पकड़ लेना चाहिए। अवसर को कभी गँवाना नहीं चाहिए, अन्यथा यही हाल होता है कि अब पछताए होत क्या, जब चिड़ियाँ चुग गईं खेत। अवसर से लाभ उठाने में असाधारण रूप से वही लोग सफल हुए है, जिन्होंने प्राप्त अवसरों में सुधार लाकर शांत मन से उन्हें अपने अनुकूल बनाने का प्रयत्न किया।

असफलता बनाम सफलता

असफल लोग स्वयं अपनी सफलता के मार्ग में सबसे बड़े बाधक बनते हैं। सच तो यह है कि बाधाएँ, परिस्थितियाँ, अवसर आदिकाल से व्यक्ति की असफलता के कारक नहीं हैं, अपितु व्यक्ति स्वयं अपनी सफलता के मार्ग में सबसे बड़ा बाधक है, क्योंकि वह सफलता के लिए प्रयास न करके दूसरों की आलोचना में ही अपना समय व्यतीत करता रहता है। दूसरों के कार्यों में दोष ढूँढ़ेंगे, लेकिन स्वयं अपने कार्य पर ध्यान नहीं देंगे। तब वे सफल कैसे होंगे? बहुत से लोग सफलता प्राप्त करने के लिए शॉर्ट कट अपनाते हैं, लेकिन इस प्रकार के व्यक्ति में और एक पूर्ण सफल व्यक्ति में वही अंतर है, जो किसी फल के पेड़ पर ही पकने और उस फल के भूसे में दबकर पकने में होता है।

असफल लोगों की यह खास आदत होती है कि वे अपनी असफलता का दोष हमेशा दूसरों पर मढ़ने लगते हैं, लेकिन किसी भी कार्य में गलती होने या असफल होने पर उसका दोषारोपण दूसरों पर करना ठीक नहीं होता। कारण, किसी-न-किसी दिन आपकी पोल खुल ही जाएगी, तब आपके पास किसी भी प्रकार का कोई बहाना नहीं होगा। इसलिए अगर किसी कार्य को पूरा करने में आपसे कोई गलती हुई है तो उसे स्वीकार करने में कोई हर्ज नहीं है।

असफल हो जाएँ तो मानकर चलें कि कदाचित् सफलता के लिए जिस तैयारी, जानकारी और योजनाओं की आवश्यकता थी, वे पूरी तरह से मुकम्मल नहीं हो पाई थीं। असफल होने पर आपको निराशा का सामना करना पड़ सकता है, परंतु प्रयास छोड़ देने पर आपकी असफलता सुनिश्चित है। असफलता आपको महान् कार्यों के लिए तैयार करने की प्रकृति की

योजना है। असफलता का अध्ययन करें, ताकि आप सफलता की राह में आगे बढ़ सकें। असफलता का तात्पर्य यह नहीं कि आप विफल हैं। इसका मतलब सिर्फ यह है कि आप अब तक सफल नहीं हुए हैं।

असफलता का भय एक ऐसा भूत है, जो व्यक्ति के भीतर की सारी शक्ति को खींच लेता है व उसकी रचनात्मकता को समाप्त कर देता है। अपनी शक्ति खो देने पर व्यक्ति असमर्थ हो जाता है। यह भय मस्तिष्क पर परदा डाल देता है तथा मन को कायर बना देता है। अत: जीवन में प्रगति के लिए अनिवार्य है कि असफलता के भ्रामक भूत को मन से भगा दें। इसे सफलता की दिशा में एक आवश्यक सोपान मानते हुए इससे आवश्यक शिक्षण लें। ऐसा किया जा सका तो फिर किसी को किसी भी परिस्थिति में निराशा, घुटन व कुंठा के अँधेरों में न भटकना पड़ेगा और न ही जिंदगी से पलायन करने की सूझेगी। उल्टे, ऐसी स्थितियों में सफलता की नई राहें मिलेंगी और जीवन की प्रकाश पथ पर सतत और अविराम प्रशस्ति होगी।

अतीत के नकारात्मक अनुभवों के प्रभाव से छुटकारा पाने के लिए नए सकारात्मक अनुभव बनाते रहें।

Do not allow the negative experiences of life to govern your life. The only way to change past experience is by creating new experiences on day to day basis.

असफलता के विचार से सफलता का उत्पन्न होना उतना ही असंभव है, जितना बबूल के पेड़ से गुलाब के फूल का निकलना। असफलता को आप किस तरह से लेते हैं, यह आप पर निर्भर करता है, क्योंकि हर असफलता आपको कुछ सिखाती है। असफलता की राह में मिलने वाली सीख को समझकर जो आगे बढ़ता जाता है, वह सफलता को पा लेता है। सफलता के लिए जितना जरूरी लक्ष्य और योजना है, उतना ही जरूरी असफलता का सामना करने की ताकत भी। असफलता को सफलता में बदलो। निराशा और असफलता सफलता के रास्ते में आनेवाले दो निश्चित पद-चिह्न हैं। इन्हें देखो, संभलो, दूर

करो—और आगे बढ़ चलो। ये आएँ तो आएँ परवाह नहीं, रुको नहीं।

असफलता से निराशा तथा हताशा की तेज आँधी के बाद यदि कुछ हाथ शेष बच जाता है, तो वह है साहस की ऊर्जा में वृद्धि। असफलता जैसा कुछ नहीं होता। होता है तो बस अनुभव और आपकी उन पर प्रतिक्रिया। असफलता तो एक स्पीड ब्रेकर की तरह है। यह आपको धीमा कर सकती है, पर रोक नहीं सकती और जो रुक गया, वह कभी अपनी मंजिल तक नहीं पहुँच सकता। यही जीवन का रोमांच है कि ठोकर खाकर ही हम सँभलना सीख सकते हैं। हम उससे बचने की कोशिश कर सकते हैं, पर ठोकर कहते ही उसे हैं, जो सावधानी के बाद भी लगती है।

असफलता दूसरों के कारण से नहीं, अपितु स्वयं की कमजोरियों के कारण मिलती है। लोग इन्हीं उलझनों में व्यस्त रहते हैं कि कब करें, कैसे करें, शायद हो सकता था या हो सके, कल कर लेंगे या मेरी जगह तुम चले जाना आदि-आदि। स्वयं के कार्य के लिए इतनी उलझनें, इतने बहाने। अब व्यक्ति सफल कैसे हों, जब वे स्वयं ही स्वयं की सफलता में अनेक परेशानियों को जन्म देने लगें। असफलता फिर से अधिक सूझ-बूझ के साथ कार्य आरंभ करने का एक मौका मात्र है।

असफलता सफलता है, यदि हम उससे सीख लें तो। असफलता से ठहरे एवं अकर्मण्य जीवन को निरंतर आगे बढ़ाने का एक बड़ा मकसद प्राप्त होता है। असफलता से प्राप्त साहस, धैर्य एवं धर्म के सबक को किसी अन्य वैकल्पिक (Optional) साधनों से प्राप्त करना संभव नहीं है। असफलता से सफलता का सृजन कीजिए। निराशा और असफलता—सफलता के दो निश्चित आधार स्तंभ हैं। असफलता हमारे जीवन की सफलताओं का सोपान है। असफलताओं के अनेक कारणों में से एक कारण व्यक्ति की मानसिक चंचलता होती है। गलत दिशा में किया गया प्रयत्न अपनी शक्तियों को नष्ट करने के सिवाय कुछ नहीं है।

असफलताओं से घबराने की आवश्यकता नहीं। सफलता इसमें है कि आप कितनी जल्दी दोबारा खड़े होकर आगे बढ़ने के लिए तैयार हो जाते हैं? खुद को स्वीकार करें। जोखिम लें, इस प्रक्रिया में अनुभव होंगे। असल में,

सफल लोग अपने निरंतर विश्वास से जीतते हैं, लेकिन वे असफलताओं का मुकाबला भी उसी विश्वास से करते हैं।

शक्तियों का करें उपयोग

आज की मेहनत से कल को सँवारा जा सकता है, निखारा जा सकता है और उसे अपने मन के अनुसार सार्थक बनाया जा सकता है। इसलिए आज को उत्साह से जिएँ। आज आप अपनी बाहरी आवश्यकताओं और अपनी आंतरिक शक्तियों को पहचानें। अपनी इच्छाशक्ति को बढ़ाते हुए, शीघ्र ही क्रिया (Action) में बदल दें। आज तमाम सफल लोग जिस जगह पर हैं, वे वहाँ दृढ संकल्प की वजह से हैं, उतनी ही पक्की सोच की वजह से, जितना पक्का है दिन के बाद रात का होना। आप अपने पैसों को या प्यार और दोस्ती को पूरी तरह नियंत्रित नहीं कर सकते, लेकिन विचार एक ऐसी चीज है, जिसे आप पूरी तरह काबू कर सकते हैं। इस दुनिया में आने पर भी आपका काबू नहीं था और न ही इस दुनिया से जाने पर आपका कोई नियंत्रण होगा, लेकिन आप अपनी मनोदशा को पूरी तरह नियंत्रित कर सकते हैं। आप उस दिमाग को बाहरी प्रभावों की वजह से या तो सकारात्मक सोचवाला बना सकते हैं या नकारात्मक। दैवी शक्ति ने आपको अपने दिमाग पर पूर्ण नियंत्रण की ताकत दी है और नियंत्रण के साथ यह जिम्मेदारी दी है कि आप इसका सर्वोत्तम इस्तेमाल कर सकें।

आज और आत्मनिर्भरता (Self Dependence) में जिएँ, कल किसने देखा। आज का भरपूर उपयोग करें। चीजों में रुचि लें। स्वयं को जाग्रत् रखें। आदतों का विकास करें। प्रोत्साहन और प्रेरणा से भरे रहें। आज में ही जिएँ। भविष्य में जो अज्ञात है, उसके पीछे आज को न बिगाड़ें। आत्मनियंत्रण (Self Control) के अभाव में परिश्रम, योग्यता तथा शिक्षा-दीक्षा, सब व्यर्थ चले जाते हैं। जिन लोगों का मन नियंत्रित नहीं है, वे गुमराह होकर भटकते रहते हैं। ऐसे व्यक्ति आज को कल के लिए टालते रहते हैं और अंततः अपने लक्ष्य से भटक जाते हैं। आत्मनिर्भरता और आत्मविश्वास सदा से मित्रता, वंश, सिफारिश तथा धन से अधिक प्रभावशाली रहे हैं। संसार

में आत्मविश्वास सर्वोत्तम पूँजी है। इससे अधिकांश बाधाएँ दूर हो जाती हैं, अधिकतर कठिनाइयों पर विजय प्राप्त होती है। आत्मविश्वास द्वारा जितने महान् साहस के कार्य संपन्न होते हैं, उतने अन्य किसी भी मानवीय गुण के कारण नहीं होते।

आत्मविश्वास से भाग्य-निर्माण

आत्मविश्वास एक अनुभूति, एक मनोभाव है, जो समय के साथ विकसित होता है। आपको या दूसरों को कठिन लगनेवाली किसी स्थिति के बारे में कार्यवाही करने की योग्यता आत्मविश्वास कहलाती है। जो स्थितियाँ हमें असुविधाजनक प्रतीत होती हैं, उनको सँभालने के लिए हमें आत्मविश्वास की आवश्यकता होती है। हालाँकि उस समय स्थिति से निपटना एक कठिन कार्य हो सकता है, लेकिन उसके परिणामस्वरूप मिलनेवाले लाभ बहुत अधिक हैं। चूँकि आपने सफलतापूर्वक कोई कठिन कार्य पूरा कर दिखाया, इसलिए अब आपको यह भरोसा हो गया है कि आप वे कार्य सँभाल सकते हैं, जो दूसरों को मुश्किल लगते हैं। लोग मुड़कर आपकी तरफ देखेंगे और आपकी सहायता को दोहराने के लिए आपसे प्रेरित होंगे। आपके उदाहरण से उन्हें यह समझने का सुखद एहसास होगा कि अगर कोई अन्य व्यक्ति ऐसा कर सकता है तो वे भी कर सकते हैं। आत्मविश्वास एक भावना है कि कोई कार्य कितना भी कठिन क्यों न हो, आप उसे पूरा करके रहेंगे और अंत में सबकुछ ठीक हो जाएगा।

एक सफल नेतृत्व का मतलब यह विश्वास दिलाना है कि मैं आपके लिए हमेशा उपलब्ध हूँ।
Leadership according to me simply means: I am there for you always.

आत्मविश्वास एक ऐसा प्रकाश है, जो भयंकर अंधकार में भी हमें उचित मार्ग दिखाता है। आत्मविश्वास के कारण ही भाग्य निर्माण होता है और सफलता मिलती है तथा सफलता का पूरक आत्मविश्वास है। जब भी हम कोई कार्य प्रारंभ करते हैं, तो उसमें सफलता की पूरी-पूरी गारंटी हमें कतई नहीं

मिल सकती। हाँ, कार्य पूर्ण होने तक मार्ग में आत्मविश्वास का दामन यदि हमने नहीं छोड़ा तो सफलता की संभावनाएँ निश्चित रूप से बढ़ जाती हैं। आत्मविश्वास और जी-तोड़ मेहनत से कई व्यक्तियों ने असंभव कार्य को अंजाम देकर महान् उदाहरण पेश किए हैं।

आत्मविश्वास की कमी तथा निराशा से पूर्ण मानसिक अवस्था हमारे स्वास्थ्य व सौंदर्य पर भी प्रतिकूल प्रभाव डालती है। नींद की कमी, भूख न लगना, किसी भी कार्य में मन न लगना तथा चिड़चिड़ापन व खीझ आत्मविश्वास की कमी से ही उत्पन्न होते हैं। आत्मविश्वास पैदा करने के लिए अनिवार्य तत्त्व यह भी है कि हमें खुद अपना महत्त्व आँकना आना चाहिए। आत्मविश्वास की कमी से हममें असुरक्षा और हीनता का आभास होता है। अगर हमारा आत्मविश्वास कम हो तो हमारा रवैया नकारात्मक रहता है और हम तनाव में आ जाते हैं। इस वजह से हम फैसला लेने में किकर्तव्यविमूद हो जाते हैं एवं देरी कर देते हैं, जिस वजह से कई बारे अवसर हाथ से निकल जाते हैं और सफलता तो कोसों दूर रहती है।

आत्मविश्वास की कुंजी है, आशावादी (Optimistic) होना। जहाँ सफलता प्राप्त करने की आशा होती है, वहीं उस कार्य को करने का आत्मविश्वास होता है। आशावादी होने पर व्यक्ति में उत्साह, कार्यकुशलता, साहस आदि जैसे गुण स्वाभाविक रूप से आ जाते हैं। यही गुण व्यक्ति में आत्मविश्वास को बढ़ाते हैं। आत्मविश्वास के अभाव और स्वाभिमान की कमी के कारण व्यक्ति अपने आस-पास के लोगों की तुलना में खुद को नीचा और कम प्रतिभाशाली होने की भावना से ग्रस्त हो सकता है। इससे व्यक्ति के मन में नकारात्मक विचार उत्पन्न होते हैं। इसका परिणाम यह होता है कि वह व्यक्ति, महिला हो या पुरुष, उन कामों को करना भी कठिन समझने लगता है, जिन्हें पूरा करना उसके लिए पहले बहुत आसान था। इस तरह की समस्या से जल्दी-से-जल्दी पीछा छुड़ाने की कोशिश करनी चाहिए। इसके लिए सकारात्मक सोच का होना अनिवार्य है। सभी नकारात्मक विचारों को एकदम त्याग दें और आशा जगानेवाले विचारों को मन में जगह दें। अपने बारे

में और अपने आस-पास के लोगों के बारे में सही ढंग से सोचें।

आत्मविश्वास के साथ हजारों विपत्तियों पर विजय प्राप्त की जा सकती है। आत्मविश्वास को बढ़ाने की दिशा में एक और महत्त्वपूर्ण कदम होगा, जब हम स्वयं को मायूस कर देनेवाले व्यक्तियों व नकारात्मक परिस्थितियों से कोसों दूर रखें, क्योंकि ये हमारे आत्मविश्वास को एकदम क्षीण कर देती हैं। इन सबके विपरीत, हमें अपना उत्साह बढ़ाने के लिए खुद को सकारात्मक सोचवाले संदेश देते रहना चाहिए कि मैं सबसे श्रेष्ठ हूँ, पूरा हूँ, संपूर्ण हूँ। मैं कोई भी कार्य करने में सक्षम हूँ। मैं सही हूँ।

चेहरे पर आत्मविश्वास का भाव हरेक को प्रभावित करता है। अगर आप अपने चेहरे पर विफलता और निराशा का भाव लिये फिरेंगे, तो लोग आपसे दूर रहेंगे। अगर आपको जीवन में कठिनाइयों का सामना करना पड़ रहा है और आप चिंताग्रस्त हैं, तब भी आपकी सोच और आपके चेहरे के भाव सकारात्मक होना चाहिए। दूसरों के साथ मजबूती से हाथ मिलाएँ। हाथ मिलाते हुए या बात करते समय दृष्टि संपर्क बनाए रखें। कम बोलें और निश्चय के साथ बोलें। दूसरों को गलत और खुद को सही मानने की आदत असफलता की बड़ी निशानी है। अपने आगे किसी को सही न समझने वाले व्यक्ति हमेशा यह सोचते हैं कि केवल वे ही सही हैं और इसी अति आत्मविश्वास के चलते वे बार-बार असफलता का मुँह देखते हैं।

आत्मविश्वास बढ़ाने की प्रक्रिया कोई रातोरात संपन्न नहीं होती, बल्कि धीरे-धीरे नन्हे-नन्हे कदमों को मिला-मिलाकर बनती है। इसलिए हमें धीरे-धीरे अपने को कठिन परिस्थितियों से सामना कराकर और उन पर विजय पाकर आगे बढ़ना होगा। कई बार हम विफल होंगे, मगर हमें हार माने बिना फिर भी उसी पथ पर चलते रहना पड़ेगा। आत्मविश्वास बढ़ाने की यह रीति है कि वह काम करो, जिसको करते हुए आप डरते हो। इस प्रकार, ज्यों-ज्यों आपको सफलता मिलती जाएगी, आपका आत्मविश्वास बढ़ता जाएगा। आत्मविश्वास महामारी के समान संक्रामक होता है। आत्मविश्वास में बहुत शक्ति होती है। आत्मविश्वास किसी भी परिस्थिति में उचित निर्णय लेने का

साहस प्रदान करता है। जिस व्यक्ति में आत्मविश्वास होता है, वह अपने सामने आने वाले हर अच्छे अवसर को पहचान लेता है और पूर्ण निष्ठा से कार्य करते हुए अपने सपनों को साकार करता है।

आत्मविश्वास में वह शक्ति होती है, जिसके सहारे हम सहस्र विपत्तियों का सामना कर उन पर विजय प्राप्त कर सकते हैं। आत्मविश्वास वह फौलादी किला है, जिसके सामने नकारात्मक हथियारबंद भी निस्सहाय हो जाते हैं। जब हम अपने आत्मविश्वास के साथ किसी कार्य में सफलता प्राप्त करते हैं तो आगे भी वही आत्मविश्वास सफलता के लिए कार्य करता है। इस तरह हमारा आत्मविश्वास बढ़ता जाता है और वह हमारे लिए स्वाभाविक हो जाता है, अर्थात् हमारा स्वभाव वैसा ही हो जाता है। आत्मविश्वास वह हथियार है, जिसके द्वारा हम बड़े-से-बड़ा कार्य आसानी से कर सकते हैं, बड़ी-से-बड़ी सफलता प्राप्त कर सकते हैं। जो आत्मविश्वास से भरपूर है, वह जीवन में अनवरत सफलताएँ अर्जित करता चला जाता है।

कभी-कभी दूसरों को बोलने का भरपूर मौका दें, तो आपको केवल एक शब्द में ही जवाब देना पर्याप्त होगा।
Sometimes just allow the other person to talk, you just need one word to reply...

आत्मविश्वास व्यक्ति को स्वयं में पैदा करना पड़ता है। इसे प्राप्त करने की कुंजी है—दृढ निश्चय। जब हम दृढ निश्चय से सोच लेते हैं कि हाँ, हम यह कर सकते हैं, तब अवश्य ही आप उसे कर सकते हैं, क्योंकि वह वाक्य आप नहीं, आपका आत्मविश्वास बोलता है। बस, प्राप्त कर लिया आपने आत्मविश्वास और मिल गई आपको मनचाही भाग्य निर्माण की कुंजी। आत्मविश्वास सफलता का प्रमुख रहस्य है।

आत्मविश्वास हमेशा सही रहने के डर से नहीं, बल्कि कभी गलत न होने के डर से आता है। आत्मविश्वास हासिल करने के लिए आत्मविश्वासी होना आवश्यक होता है। आत्मविश्वास ही निश्चय को दृढता प्रदान करता है। आत्मविश्वासी लोग स्वयं तो सफल होते ही हैं, साथ ही दुनिया में दूसरों के

लिए अपने कार्यों के रूप में प्रेरणा छोड़ जाते हैं और उन प्रेरणाओं को केवल वे ही ग्रहण करते हैं, जिनमें सफलता प्राप्त करने की, अपना भाग्य बदलने की ललक होती है। आत्मविश्वासी व्यक्ति अपनी ओजस्वी (Dignified) वाणी के प्रभाव से लोगों को प्रभावित करते हैं। उनकी वाणी में वह उत्साह होता है, जिससे वे दूसरों के मन में भी वही उमंग और जोश भरकर उन्हें अपना साथी बना लेते हैं।

आत्मविश्वासी व्यक्ति अपने कार्य को पूरा करके ही छोड़ता है। आत्मविश्वासी व्यक्तियों की कद्र समाज में बढ़ जाती है। वे अन्य लोगों के लिए प्रेरणास्रोत बन जाते हैं। लोग उन्हें नायक के रूप में देखने लगते हैं। उनकी सफलता की कहानी किसी से छिपी नहीं रहती। वे लोगों के आदर्श बन जाते हैं। आत्मविश्वासी व्यक्ति के चेहरे पर सफलता की कहानी स्पष्ट पढ़ी जा सकती है। उसका खिला-खिला चेहरा अलग ही दिखाई देगा। इसके विपरीत वह व्यक्ति, जिसमें आत्मविश्वास की कमी होगी, शंका और निराशाओं में घिरा हुआ दिखाई देगा। उसके चेहरे पर कभी भी सफलता की मुस्कान नहीं होगी।

नहीं सफलता मिलती उनको,
जो हैं थोथले और करते हैं केवल प्रयास!
मिलती सब सफलता उनको
जो हैं आत्मविश्वासी और करते है पूरा अभ्यास!!

सफर
में बढ़ते जाएँ संकल्प की महान शक्ति से।

□

5

आत्मानुशासन का पाठ
(Self Discipline)

आत्मानुशासन आपके इरादों और विचारों पर विजय पाने से शुरू होता है। आप जो सोचते हैं, अगर उसे नियंत्रित नहीं करते हैं, तो आप जो करते हैं, उसे भी नियंत्रित नहीं कर सकेंगे। साधारणत: आत्मानुशासन आपको पहले सोचने और फिर आगे बढ़ने के योग्य बनाता है। आत्मानुशासन एकमात्र माध्यम है, जिसके जरिए विचारों एवं आदतों को सुधारने पर काम किया जा सकता है। इस प्रकार विचारों को सही दिशा देकर, एक निश्चित लक्ष्य की ओर निर्देशित किया जा सकता है। इसके माध्यम से कोई भी व्यक्ति निश्चित लक्ष्य के लिए संकल्पित होकर अपनी क्रियाओं को गति प्रदान कर सकता है।

जिसने आत्मानुशासन पर मास्टरी नहीं की है, वह व्यक्ति कभी किसी और चीज का मास्टर नहीं हो सकता। आत्म-अनुशासन वह नियम है, जिसके द्वारा व्यक्ति अपने सही सोच-विचार के तरीके से आदतों एवं कर्मों को आकार देकर अपने लक्ष्यों और उद्देश्यों के साथ तालमेल स्थापित कर सकता है।

आत्मानुशासन की आदत विकसित करने के लिए दृढ निश्चय और कठिन प्रयास की जरूरत होती है। दूसरों से शिकायत और भाग्य का रोना जैसी आदतों का त्याग करें। दूसरों की प्रशंसा खुले मन से करें। प्रशंसा एक ऐसा गुण है, जो सबको आपका हितैषी बना देती है। विपरीत परिस्थितियों

में संयम से काम लें और धैर्यपूर्वक उनका सामना करना करें। यह सफलता प्राप्ति का एक महत्त्वपूर्ण गुण है। जीवन में सिर्फ इच्छाएँ नहीं पालिए, लक्ष्य बनाइए। सोचिए, जो भी मेरे पास है, मेरे लिए खास है।

आनेवाले कल का विचार कीजिए, योजना बनाइए, तैयारी कीजिए, परंतु चिंता मत कीजिए। आनेवाले कल की तैयारी करने का सबसे बढ़िया तरीका है कि आप आज के काम को श्रेष्ठतम ढंग से करने में अपनी सारी बुद्धि और सारा उत्साह लगा दें। भविष्य की तैयारी करने का संभवतः यही एकमात्र कारगर उपाय है।

अगर आप सही मायने में अपनी बदकिस्मती और दुर्भाग्य की वजह जानना चाहते हैं तो सितारों की तरफ मत देखिए, आईने में देखिए। अपनी किस्मत के मालिक आप खुद हैं। अपनी आत्मा को चलानेवाले भी आप हैं और इस वजह से इस बात को ध्यान में रखिए कि आप अपने दिमाग को खुद काबू कर सकते हैं और उस दिमाग को उत्तेजित कर उन शक्तियों के संपर्क में ला सकते हैं, जिनकी मदद से आपकी सारी समस्याएँ सुलझ सकती हैं। इस प्रकार जो व्यक्ति अपनी समस्याओं के लिए सितारों को जिम्मेदार ठहराता है, वह अनंत बुद्धि या ईश्वर या आप कोई भी नाम दें, उसे नकार देता है।

आप अगर विफलता (Failure) की मानसिकता में बंद हो जाते हैं तो कभी न समाप्त होनेवाली विपत्ति की सुरंग में अटककर रह जाएँगे। आप आधा-अधूरा काम करेंगे और असफल होते रहेंगे, जिससे आपकी यह धारणा पुष्ट होगी कि आपका काम घटिया है। आपके भाग्य में मामूली बने रहना, विफलता पाना ही लिखा है। आप सफलता पर कभी ध्यान नहीं लगा सकते, क्योंकि आप सदैव विफलता के बारे में सोचते रहते हैं, क्योंकि आप मन में आशंका लिये काम कर रहे हैं, आप और भी गलतियाँ कर सकते हैं। ऐसे आप सफलता के सपने नहीं देख रहे हैं, आप विफलता के भयानक सपनों में घिरे हुए हैं।

आप अपना काम जितने अच्छे तरीके से करेंगे, आप उसमें उतने ही कुशल होंगे और एक समय के बाद आपमें इतनी परिपूर्णता (Completeness)

आ जाएगी कि जिस क्षेत्र में आप हैं, उसमें आपकी टक्कर का शायद ही कोई और होगा। जितना पाते हैं, उससे ज्यादा काम करने की वजह से आप अपनी ओर लोगों का ध्यान सकारात्मक तरीके से खींचते हैं और वह दिन दूर नहीं होता, जब आपको आपके काम के लिए आकर्षक मौके मिलने लगते हैं। बाजार में आपकी सेवाओं की माँग लगातार बनी रहेगी।

आप अपने जीवन में कुछ अच्छे और सफल इंसानों का चुनाव करें, जिनके बारे में आप सबकुछ जानते हों या जो आपको दिल से चाहते हों या जिनको आपमें रुचि है और उन्हीं की सलाह, उनके द्वारा बताए गए उपायों पर चलने की कोशिश करें। ऐसा करने से ही आपमें आंतरिक और शारीरिक बदलाव होगा और आपके प्रदर्शन में भी सुधार आएगा।

अगर लगातार आपकी चाहत आपको नौकरी करने के लिए प्रेरित नहीं कर रही है, तो परिवर्तन पर विचार करना उचित है।
If you are not driving non-stop passion in your job, then it's a good idea to change!

आप अपने जीवन में कुछ पाने के लिए कोशिश कर रहे हैं, लेकिन उसे हासिल नहीं कर पाए हों तो शायद ऐसा इसलिए है, क्योंकि आप अपने लक्ष्य को पाने के लिए सही तरीके से कोशिश नहीं कर रहे हों। कभी-कभी लोग अपने लक्ष्य को पाने के लिए कुछ छोटी-मोटी कोशिशें करते हैं और असफल होने पर अपने लक्ष्य को छोड़ देते हैं, पर असलियत में बात यह होती है कि हमने उस हद तक कोशिश नहीं की होती है, जो हमारे लक्ष्य को पाने के लिए सही है।

आप ही अपने सबसे बड़े गुरु और निर्देशक हैं। पहले अपने अंदर मजबूती लाइए। अपने विचारों को दृढ कीजिए। आप ईश्वर के समान हैं, जिसमें कई विशेषताएँ हैं। आप कभी बेईमानी से जीत हासिल भी कर लें तो वह एक खाली जीत होगी, क्योंकि उसमें आपके प्रतिद्वंद्वी की सद्‌भावनाओं का अभाव होगा।

आप किसी से मदद चाहते हैं, तो यह गाँठ बाँध लें कि आपको उस व्यक्ति को पाना है, सही मायने में उसे उतना फायदा पहुँचाना है, जितना

कि आप खुद उससे चाहते हैं। यदि वह पहली बार में ध्यान नहीं देता, तो उसका दोगुना फायदा कराएँ और ऐसा तब तक करते जाएँ, जब तक कि शर्म से खुद न कह दे कि उसे अब और नहीं चाहिए और वह आपकी मदद न कर दे।

मन को ठहराएँ

आप जहाँ कहीं भी खड़े हैं, वहीं से शुरू करें और अपने ऊपर नियंत्रण करें। एक ही चीज पर आपका पूर्ण नियंत्रण होना चाहिए और वह है आपकी मानसिक वृत्ति। आप जहाँ भी हैं, वहाँ पूरी तरह रहकर कार्य करें। भटकते हुए मन के साथ किया गया कार्य कभी सही तरीके से नहीं बन सकता। यह एक अत्यंत प्रभावी मंत्र है कि कार्य को सिर्फ एक बार में ही करो। जो काम हाथ में है, उसमें अपनी समस्त शक्तियों को लगाकर समय का सदुपयोग करनेवाले व्यक्ति ही सफल रहते हैं।

आप जितने भी लोगों से मिलते हैं, उनमें से तीन-चौथाई से ज्यादा सहानुभूति के भूखे-प्यासे होते हैं। यह उन्हें दें, वे आपसे प्यार करने लगेंगे। आप जिस भी व्यक्ति से प्रेरित हैं, उसका अनुसरण करें। इससे आपको जीवन की सही दिशा मिलेगी, साथ ही सफलता भी। जरूरी नहीं कि आपका आदर्श व्यक्ति बाहर का हो—कभी-कभी दोस्त, रिश्तेदार या पड़ोसी भी ऐसा काम कर जाते हैं कि हमारा दिल उन्हें आदर्श मानने लगता है। आप जैसा सोचते हैं, वैसे ही बन और बना सकते हैं। अगर आप अच्छा सोचेंगे तो आप अच्छाइयों की तरफ बढ़ेंगे और जब आप बुरा सोचेंगे तो बुराइयाँ आपकी ओर आकर्षित होंगी।

आप जैसा सोचेंगे उसके परिणाम भी वैसे ही प्राप्त होंगे। मन में सफलता पाने के बीज रोपित करेंगे तो उसके परिणाम सफलता के रूप में प्राप्त होंगे। असफलता के विषय में सोचकर सफलता पाने के प्रयास करेंगे तो किसी भी स्थिति में आपको सफलता नहीं मिल सकती है। सोच में तो असफलता बसी हुई है, तो परिणाम सफलता के रूप में कैसे प्राप्त होगा? जैसा संदेश आप अपने अवचेतन (Subconscious mind) मस्तिष्क को देंगे, वैसा ही

परिणाम आपको प्राप्त होगा। अमीर बनना चाहते हैं, तो पहले अमीर बनने के विषय में सोचें। फिर अमीर बनने के प्रयास करें।

आप जो करने से डरते हैं, उसे करिए और करते रहिए। अपने डर पर विजय पाने का यही सबसे पक्का और तेज तरीका है, जो आज तक खोजा गया है। आप जो कुछ भी हासिल करना चाहते हैं, उसे प्राप्त करने की दिशा में अगर आप अपनी सोच नहीं बदलेंगे तो अपने व्यवसाय में कितना भी प्रशिक्षण प्राप्त करने के बावजूद आपको वे परिणाम नहीं मिलेंगे, जो आप चाहते हैं। आपको अगर ज्यादा धन चाहिए, एक अच्छा घर चाहिए, परिवार के लिए बेहतर सुविधाएँ चाहिए, एक बेहतर कार चाहिए, परिवार और मित्रों के साथ आप अपने संबंध अधिक अच्छे बनाने की चाहत रखते हैं, वास्तव में आप जो कुछ भी पाना चाहते हैं, उसके लिए आपको अपनी सोच भी वैसी ही बनानी पड़ेगी।

आप जो होते हैं, वही कह सकते हैं। आप जैसे हैं, वैसे ही दिख सकते हैं। जीवन के रंगमंच पर आप वही कला दिखाएँ, जो आपको आती हों। हाँ, कला में अनुभव बढ़ाते हुए निखार लाते जाएँ।

आप तब तक असफल नहीं हैं, जब तक कि अपने ध्येय (Goal) की प्राप्ति में प्रयासरत हैं। ध्येय को पाने से पहले यदि आपको असफलता दिखाई दे तो वह झूठी है, दिखावटी है, बनावटी है, उसे अस्वीकार कर दें। हाँ, इस अनुभव से कुछ सीख सकें तो सीख लें और लक्ष्य के अगले पड़ाव की ओर आगे बढ़ते रहें। बिना ऐसे अनुभवों के कुछ सीखा नहीं जा सकता। आप दूसरों का सहयोग तभी हासिल कर सकते हैं, जब पहले खुद उनको सहयोग करें। कई बार ऐसा हो सकता है और ऐसा होगा भी कि आप जिस व्यक्ति की मदद करें, वह कभी आपकी मदद न करे, लेकिन यह बात दिमाग में रखिए। एक व्यक्ति इसे नजरअंदाज कर दे, लेकिन कोई और आपकी मदद पर गौर करेगा और न्याय करने की इच्छा से या शायद किसी स्वार्थवश आपकी ऐसी मदद करेगा, जिसके आप हकदार हैं।

आप फिर ऊर्जा से भरते जा रहे हैं और अच्छी चीजें फिर से शुरू

होनेवाली हैं और एक दिन जब आप पीछे मुड़कर देखेंगे तो पाएँगे कि वे चीजें इतनी बुरी भी नहीं थीं। आप भी अपने दिमाग से कि मेरा क्या होगा, यह चिंता निकाल दें और अपनी क्षमता के हिसाब से बेहतरीन काम करने पर अपना ध्यान केंद्रित करें। आप खुद ही असाधारण व्यक्ति हो जाएँगे, क्योंकि तब आपका मकसद अपने आस-पास की दुनिया को बेहतर बनाना होगा। ऐसे में करने के लिए इतना कुछ होगा कि इस सोच के साथ आपकी क्षमताओं का विकास खुद-ब-खुद होगा और आपके व्यक्तित्व में निखार आएगा।

आप विचारों द्वारा भाग्य पर विजय प्राप्त करते हैं। यदि आप यह समझ लें कि भाग्य निर्माण में विचार ही एकमात्र कारण है तो आपको हाथ में तलवार नहीं लेनी पड़ेगी। जैसा विचार होगा, अनिवार्य रूप से वैसा ही परिणाम होगा। आप सदैव अपने को धन्य समझें कि जो कुछ आपके पास है, वह सिर्फ आपके पास है। अपने सपनों को सदैव जगाए रखें। कभी भी उन्हें मरने न दें। उनको पूरा करने का प्रयास ही निश्चित रूप से आपको कार्य करने के लिए प्रेरित करता रहेगा और एक दिन सफलता आपके कदम चूमेगी।

आपकी कार्यकुशलता आपकी सोच पर ही निर्भर करती है। इच्छापूर्ति के लिए उत्साह तथा परिश्रम से कार्य करने पर ही आपकी जीत का मार्ग प्रशस्त होगा। आपकी गलती आपका अनुभव बढ़ाती है, आपका अनुभव आपकी गलतियाँ कम करता है। अगर आप अपनी गलतियों से सीखते हैं तो दूसरे आपकी सफलता से सीखते हैं।

जब भी आप से पूछा जाए कि आप कैसे हैं, तो "मैं खुश हूँ"–यह जवाब दीजिए।

Whenever you are asked How are you, just say– "I am happy"

आपके लिए धरती पर कुछ नहीं बना, जरूरत है कि आप कड़ी मेहनत से उपलब्धियाँ हासिल करें।

आपके समक्ष जो कुछ भी परोस दिया जाए, उसको वैसे ही निगलने मत लगिए, बल्कि अपनी विवेक क्षमता के प्रयोग से अथवा हितकर और रुचिकर के फर्क को महसूस करने के बाद ही उसका उपभोग

कीजिए, क्योंकि सामने परोसी गई प्रत्येक रुचिकर या मनोहर वस्तु आपके स्वास्थ्य के लिए हितकारी नहीं भी हो सकती है; अतः उसमें से केवल उन्हीं का सेवन कीजिए, जो पौष्टिक आहार की श्रेणी में आती हों और आपके लिए स्वास्थ्यवर्धक भी हों। कुछ आहार तो ऐसे हैं, जिनका सेवन करते ही आपके शरीर में या मन में विषैली प्रतिक्रियाएँ होने लगती हैं; केवल स्वास्थ्यकर पदार्थों का ही सेवन करना चाहिए तथा श्रेय-प्रेय का विवेक कर, अंततोगत्वा जो हमारे लिए स्वास्थ्यकर नहीं है, वे चाहे बुरे विचार हों या बुरा भोजन, उनको सदा के लिए फेंक देने का साहस दिखाना चाहिए।

लड़ाई की तैयारी

आपको अपनी उपलब्धियों या सफलताओं पर बहस करने की जरूरत नहीं है। यदि आप ऐसा करते हैं तो यह आपके आत्मविश्वास को घटाता है। अपनी सफलताओं को उचित ठहराने की बजाय अपने लक्ष्य को पाने के लिए अपने अनुभव और क्षमताओं को सही दिशा में बढ़ाएँ। हमेशा यह याद रखें कि हमें अपनी लड़ाई खुद लड़नी होती है। इसके लिए किसी दूसरे का सहयोग काम नहीं आता। यदि कोई दूसरा व्यक्ति अपने लक्ष्य को पाने में असफल रहता है तो यह जरूरी नहीं कि उस लक्ष्य को पाने में आप भी असफल हो जाएँगे। जरूरी है कि आप लक्ष्य को पाने के लिए उससे कड़ी मेहनत करें और यह भूल जाएँ कि दूसरों को किस तरह की समस्या का सामना करना पड़ा? आपको अपनी लड़ाई के हथियार चुनते समय बेहद सावधानी और बुद्धिमानी से कदम उठाने चाहिए। जो बातें आपके सपनों की पूर्ति में बाधक हैं या आपके आत्मविश्वास को कमजोर करती हों, ऐसी नकारात्मक चीजों को खोजकर अपने सामने लाएँ और उन्हें भगाएँ या सुधारें।

आपको अपने ऊपर विश्वास कायम करना चाहिए। आपको यह मानना होगा कि प्रत्येक कार्य किया जा सकता है। कुछ भी किया जा सकता है। सबकुछ संभव है। जब आप यह विश्वास कर लेंगे कि हर समस्या का समाधान संभव है, तो आपका दिमाग समाधान खोजने में लग जाता है और

आप समाधान पा लेते हैं। आपको अपने लक्ष्य पर और अपने आप पर अटूट विश्वास की जरूरत है। अगर आप यह विश्वास ही नहीं करेंगे कि आप अपने लक्ष्य तक पहुँच पाएँगे तो आप कैसे रास्ता ढूँढ़ेंगे और लक्ष्य तक पहुँचेंगे? साथ ही, अपने जीवन में सकारात्मक सोच लाएँ। अपनी सोच को ऊँचा करें, क्योंकि आप जितना बड़ा सोचेंगे, उतना बड़ा पाएँगे।

आपको सदा याद रखना चाहिए कि उद्देश्यहीन व्यक्ति जीवन में भयंकर रूप से असफल होते हैं, क्योंकि उद्देश्यहीन होने पर वे न तो काम में रुचि लेते हैं और न ही पूरे दिल से काम करते हैं। उनका मन सदैव चंचल रहता है। इसलिए वे दृढता से काम में नहीं लग पाते। आपने कितने ही लक्ष्य क्यों न पूरे कर लिये हों, अपनी निगाह अगले लक्ष्य पर टिका लें। लगातार सफलता जरूरी है। लगातार सफलता हासिल करने के लिए आशा और आत्मविश्वास का दामन कभी नहीं छोड़ना चाहिए।

आशा और आत्मविश्वास

आशा और आत्मविश्वास चिरसंगी हैं। समुद्र में लहरें स्वाभाविक हैं, दीपशिखा का प्रकाश से अटूट संबंध है। अग्नि में ऊष्मा होगी ही। आशावादी व्यक्ति का आत्मविश्वासी होना भी अवश्यंभावी है। आत्मविश्वास से आंतरिक शक्तियाँ जाग्रत् होती हैं। इन शक्तियों को वह जिस कार्य में जुटा दे, वहीं आश्चर्यजनक सफलता दिखाई देने लगेगी। संपूर्ण मानसिक चेष्टाओं से किए हुए कार्य प्रायः असफल नहीं होते, किंतु निराशा वह मानवीय दुर्गुण है, जो बुद्धि को भ्रमित कर देती है। मानसिक शक्तियों को लुंज-पुंज कर देती है। ऐसा व्यक्ति आधे-अधूरे मन से डरा-डरा सा कार्य करेगा। ऐसी अवस्था में वह सफलता प्राप्त कैसे कर सकेगा? जहाँ आशा नहीं, वहाँ प्रयत्न के ध्येय की प्राप्ति न आज तक कोई कर सका है, न आगे संभव है।

आशा और आत्मविश्वास से ही हमारी शक्तियाँ जाग्रत् होती हैं। इनसे हमारी उत्पादन शक्ति कई गुना बढ़ जाती है। आशा मनुष्य के लिए अमृत के समान है। जिस प्रकार पेड़-पौधों को सूरज से जीवन मिलता है, उसी

प्रकार आशा से मनुष्य में नए उत्साह का संचार होता है। आशा वह गुण है, जो व्यक्ति को उसके परिश्रम के साथ बाँधे रखता है। जब व्यक्ति कोई कार्य प्रारंभ करता है तो आशा करता है कि उसे लक्षित कार्य का सुपरिणाम मिलेगा। परिणाम की अपेक्षा में ही वह परिश्रम करता है। उसकी यही आशा उसे कर्मशील बनाती है। आशा के कारण ही उस कार्य में उसकी आस्था होती है।

आशा व्यक्ति का शुभ संकल्प है। व्यक्ति की प्रत्येक उन्नति, जीवन की सफलता, जीवन लक्ष्य की प्राप्ति का संचार आशाओं द्वारा होता है। आशाएँ न होतीं तो संसार नीरस, अव्यक्त और निश्चेष्ट-सा दिखाई देता। संसार के सारे कार्य आशाओं पर चलते हैं। विद्यार्थी अपना समय, धन लगाकर दिन-रात श्रमपूर्वक अध्ययन में लगा रहता है। अध्यापकों की झिड़कियाँ सुनता है, अपना सुख-चैन सभी छोड़कर केवल ज्ञानार्जन में लगा रहता है। इसलिए कि वह पढ़-लिखकर सभ्य, सुशिक्षित नागरिक बनेगा। देश-जाति के उत्थान में भागीदार बनेगा। सम्मानपूर्वक जीवन जिएगा। खेत-खलिहानों से लेकर करखानों तक में जितने भी व्यवसाय फैले हैं, उनके मूल में कोई-न-कोई आशा ही क्रियाशील होती है।

आशा से ही आसमान टिका है। जब तक आप आशावान रहेंगे, तब तक वास्तव में आपके सिर पर आसमान टिका दिखाई देता रहेगा, लेकिन जब आप आशा का साथ छोड़ देंगे, उसी दिन आपके सिर पर टिका हुआ आसमान आपके ऊपर ही गिर जाएगा और आप नष्ट हो जाएँगे, असफल हो जाएँगे। सफलता का दूसरा नाम आशा है। किसी भी कार्य के लिए आशावान होना जरूरी है, तभी आप सफल हो सकते हैं। सफलता की कुंजी है—आशा।

आशाएँ जीवन का शुभ लक्षण हैं। इनके सहारे व्यक्ति घोर विपत्तियों में दुश्चिंताओं को हँसते-हँसते जीत लेता है। जो केवल दुनिया का रोना रोते रहते हैं, उन्हें अर्द्धमृत ही समझना चाहिए, किंतु आशावान व्यक्ति पौरुष के लिए सदैव लगनशील रहता है। वह अपने हाथ में फावड़ा लेकर टूट पड़ता है, खेतों में मिट्टी से सोना पैदा कर लेता है। आशावान व्यक्ति अपने भाग्य का निर्माण स्वयं करता है। वह औरों के आगे अपना हाथ नहीं बढ़ाता, बल्कि औरों को

जीवन देता है। आशाएँ पुरुषार्थ को जगा देती हैं, जिससे व्यक्ति बड़े-बड़े कार्य करने में समर्थ होता है।

इच्छाशक्ति और सफलता

इच्छाशक्ति का सफलता पर बड़ा प्रभाव पड़ता है। जैसे-जैसे सफलता प्राप्त होती है, इच्छाशक्ति भी उतनी ही बढ़ती जाती है और जैसे-जैसे इच्छाशक्ति दृढ से दृढतर होती जाती है, वैसे-वैसे सफलता सुगम होती जाती है। ऐसा कहना अनुचित न होगा कि सफलता और इच्छाशक्ति आपस में एक-दूसरे की पूरक हैं। यदि कोई मनुष्य किसी कार्यप्रणाली के अनुसार कार्य करने के लिए पक्का विचार कर ले, तो वह दाईं या बाईं तरफ मार्ग में नहीं घूमेगा, चाहे उस राह में कितने ही प्रलोभन क्यों न ललचाएँ। वह व्यक्ति अपने लक्ष्य पर सदैव नजर रखेगा।

इन तीन में लगातार सुधार करते रहें–

1. **अपनी कमाई**
2. **अपने विचारों का स्तर**
3. **उत्तम स्वास्थ्य**

Keep improving in three areas:

1. **Your earning**
2. **Your quality of thinking**
3. **Excellent health**

लक्ष्य प्राप्ति के लिए अदम्य इच्छाशक्ति का होना जरूरी है। इच्छाशक्ति ही व्यक्ति को उसके लक्ष्य तक लेकर जाती है। चाहे रास्ता कितना ही लंबा क्यों न हो, चाहे कितना ही त्याग क्यों न करना पड़े। इच्छाशक्ति ऐसी ऊर्जा या ताकत है, जो व्यक्ति को उसके उद्देश्य तक अवश्य पहुँचाती है। जीवन में गंभीर चुनौतियाँ क्यों न हों, यदि व्यक्ति में चुनौतियों का सामना करने की इच्छाशक्ति है तो कुछ भी असंभव नहीं है। प्रबल इच्छाशक्ति रखनेवाला कोई भी व्यक्ति कार्यकुशल बन सकता है। इच्छाशक्ति सफलता की कुंजी है। इसलिए अपने भीतर इसे पैदा करें। इच्छाशक्ति के बल पर ही साहसी, परिश्रमी एवं धुन के पक्के लोग विश्व कीर्तिमान रचते हैं।

इतना तो स्पष्ट है कि सफलता की इच्छा करना तो आसान है, पर

सफलता के लिए जो तैयारी करनी पड़ती है, वह आसान नहीं होती। इसलिए बहुत कम लोगों में उस तैयारी की इच्छा होती है। लोग परिश्रम की कठिन राह से गुजरना नहीं चाहते। वे सरल मार्ग ढूँढ़ते रहते हैं। सरल मार्ग ढूँढ़ते-ढूँढ़ते पूरा जीवन बीत जाता है। ऐसे लोगों को न सरल मार्ग मिलता है, न सफलता। परिश्रम से बचने के कितने तरीके ढूँढ़े जाते हैं, पर उनमें से कोई तरीका ऐसा नहीं, जो सफलता की ओर ले जा सके।

आशा भरा समंदर देखा
और देखा अनुशासन!
देखी सब तरफ सफलता
जब अपनाया आत्मानुशासन!!

सफर
आशा और विश्वास से सुखद हो जाता है।

□

6

शक्तियाँ अंदर ही हैं

(All Powers are Within)

कल्पना करें कि आपका जीवन बालू घड़ी के समान है। जैसा कि आप जानते हैं, बालू घड़ी के ऊपरी हिस्से में रेत के हजारों कण मौजूद होते हैं और वे कण धीरे-धीरे और समान चाल से बीच की सँकरी गरदन की ओर से गुजरते हैं। आप या मैं ज्यादा-से-ज्यादा एक कण को सँकरी गरदन के पार सरका सकते हैं, यह ध्यान रखते हुए कि बालू घड़ी की चाल बाधित न हो। आप, मैं और हरेक यह बालू घड़ी हैं···यदि हम एक बार में एक काम नहीं लेते, कई कामों के पीछे पड़े रहते हैं तो धीरे-धीरे, एक समान रूप से हम अपनी ही शक्तियों को बिखरने के लिए बाध्य कर देते हैं।

कल्पना की कार्यशाला में ही सभी योजनाएँ बनती हैं और इन योजनाओं के बिना कोई उपलब्धि मुमकिन नहीं है, बशर्ते इत्तफाक से कोई कामयाबी न मिल जाए। विचार इंसानी दिमाग में सबसे ज्यादा फायदा देनेवाला तत्त्व है और विचारों का सृजन कल्पना से ही होता है। कल्पना की पुनरुत्पत्ति का अनुभव आनंददायक या फिर डरावना हो सकता है। कल्पना कीजिए कि आप कमरे में बैठे हुए कुछ पढ़ रहे हैं। तभी आपका ध्यान खट-खट करते पंखे पर चला जाता है, जिसका हुक हिल रहा है और आपको लगता है कि कहीं हुक टूटने पर पंखा नीचे न गिर जाए। यही सोचकर आप पंखे का स्विच

ऑफ कर देते हैं। कल्पना मानव मस्तिष्क की सबसे बड़ी संपत्ति है। सही उद्देश्यों से प्रेरित कल्पना जन-कल्याण की नीतियों को जन्म देती है।

कल्पनाशीलता

कल्पनाशीलता के लिए जरूरी है कि आप उन उपयोगी, सुघड़ और व्यावहारिक विचारों को लिख लेने की आदत डाल लें, जो आपके कार्यक्षेत्र से बाहर के क्षेत्रों में या फिर आपके क्षेत्र में भी इस्तेमाल किए जा रहे हों। इस प्रकार, आपके मन में अपनी कल्पना की मदद से विचार आने लगेंगे। शुरुआत एक सामान्य पॉकेट साइज नोटबुक से की जा सकती है, जिसमें हर एक विचार या अवधारणा या फिर अपने मन में उठनेवाले ऐसे विचारों को आप दर्ज करते जाएँ, जिनका व्यावहारिक तौर पर इस्तेमाल किया जा सकता हो और फिर इन विचारों पर एक नई योजना के साथ काम करना शुरू कर दें। धीरे-धीरे ऐसा समय आ जाएगा, जब आपकी कल्पनाशक्ति आपके अवचेतन मन में इकट्ठे ज्ञान और विचारों के भंडार तक जाएगी, इन्हें नए विचारों के साथ जोड़ेगी और फिर आपके सामने एकदम नया विचार पेश कर देगी। यह एक व्यावहारिक प्रक्रिया है, जिसे दुनिया के कुछ बेहतरीन नेताओं, आविष्कारकों और कारोबारी हस्तियों ने सफलतापूर्वक अपनाया है।

चाहे हमें पसंद है या नहीं, परंतु यह सच है कि दुनिया हमारी सफलता का फैसला करती है।
Whether we like it or not, it is the people who will decide our success.

कहते हैं, अकेला चना भाड़ नहीं फोड़ता, लेकिन इसका मतलब यह नहीं कि आप अकेले कुछ नहीं कर सकते। इस बात को सही तरीके से समझें। अकसर लोग कुछ बुरे लोगों की वजह से खुद को सभी से काट से लेते हैं। फलत: वे कड़ी मेहनत के बावजूद सफलता प्राप्त नहीं कर पाते और अनभिज्ञ बने रहने से उनकी नकारात्मक छवि भी बन जाती है। इसलिए कोशिश करें कि सभी छोटे-बड़े लोगों को साथ लेकर चलें, जिससे आपमें नेतृत्व क्षमता

का विकास हो और जो आप तक अधिक मौके पहुँचाने में भी मदद करेगा।

यदि आपके कुछ लक्ष्य, सपने और उद्देश्य हैं और सबकुछ उनके विपरीत हो रहा है तो आप तनाव महसूस करने लगते हैं। इस तनाव की स्थिति से निकलने के लिए आपको बस इतना करना है कि आप अपने काम पर और खुद पर विश्वास रखें। आवश्यकता हो तो थोड़ा तनावमुक्त होने का प्रयास करें और किसी और काम में मन लगाएँ। काम के दौरान खुशी का अनुभव करना ज्यादा जरूरी है। काम को बोझ समझनेवाले सफल नहीं होते। काम को काम समझें, बोझ नहीं। यदि किसी कारणवश वह पूरा न हो पाए, तो बेवजह भावनाओं में न बहें। इससे आप दूसरे कार्यों को पूरी क्षमता के साथ नहीं कर पाएँगे। काम का दायरा बेवजह न फैलाएँ। एक काम को पूरा करने के पश्चात् ही दूसरे काम को हाथ में लें।

काम तो सभी पूरे हो जाते हैं, लेकिन कुछ लोग रो-धोकर करते हैं और कुछ लोग शांत, एकाग्र होकर। याद रखें, काम हमेशा बातों से ज्यादा शक्तिशाली होता है। कार्य की अधिकता मनुष्य को नहीं मारती, बल्कि चिंता मारती है। कार्य के चुनाव के लिए अपनी रुचि और पसंद को स्थान देना ठीक है, किंतु फिर भी अनुभवहीनता एवं अज्ञान की स्थिति में व्यक्ति की रुचि और पसंद का दायरा बहुत ही सीमित और संकीर्ण रहता है। ऐसी स्थिति में कई व्यक्ति जीवन में आने वाले कई सुअवसरों को अपनी रुचि का विषय न समझकर टाल देते हैं। हालाँकि दृढ निश्चयी व्यक्ति इन अवसरों से लाभ उठाकर बहुत बड़ी सफलता प्राप्त कर सकते हैं।

सहजता

कृत्रिमता या बनावटीपन हमारे जीवन को खोखला और कमजोर करता है, जबकि जितना हम प्रकृति के निकट रहते हैं, उतना ही हमारा जीवन अधिक सौम्य और सहज रहता है। यही सौम्यता और सहजता हमें हमारे कार्य और जीवन को नियंत्रित करने की शक्ति और ऊर्जा प्रदान करती है। हम अपने समय को अपने मुताबिक निर्धारित कर सकने में सफल रहते हैं

और जिन लक्ष्यों को हमने अपने जीवन का ध्येय बनाया है, उन्हें पाने में हमें कामयाबी मिलती है।

केवल ज्ञान हासिल करने से कुछ नहीं मिलनेवाला, जब तक कि इसका उपयोग न करें। एकमात्र ज्ञान ही शक्ति नहीं है। अधकचरा ज्ञान मूर्खता से भी ज्यादा नुकसानदेह साबित होता है। कोई इतना अमीर नहीं कि अपना पुराना वक्त खरीद सके। कोई इतना गरीब नहीं कि अपना आनेवाला वक्त न बदल सके। कोई चीज पाने की चाह रखना ही उसकी कामना नहीं है। चाह रखना तो कामना करने का एक निष्क्रिय रूप मात्र है। जो कुछ आपकी चाहत है, उसका पहला कदम वैसी चेतना है। फिर मानसिक रूप से उसके लिए तैयार होने और फिर उस दिशा में हाथ-पैर हिलाने की प्रक्रिया शुरू होती है।

कोई बात परेशान कर रही है तो मुसकराएँ और खुद को उसका मुकाबला करने के लिए तैयार करें। देखिए, हर पल नई शुरुआत और नया अंत है। दूसरा मौका मिलेगा। अगले ही पल। बस इसे अच्छा बनाने की जरूरत है और ऐसा न किया तो कुछ यूँ होगा, जब दाँत थे, तब चने नहीं थे, अब चने हैं, पर दाँत नहीं। कोई भी चिंता हमें विरासत में नहीं सौंपी जाती है। हम अपने अज्ञान द्वारा ही चिंताओं को आमंत्रित करते हैं। ज्ञान और विवेक ही हमें चिंतामुक्त करने की सामर्थ्य देते हैं। ज्ञान ही सत्य का दूसरा नाम है। सत्य ही भय और अंधविश्वास से हमें बचाता है। कोई भी रचना परिश्रम और धैर्य माँगती है, जबकि विनाश के लिए न श्रम की आवश्यकता है, न धैर्य की।

क्या तुम जिंदगी से ऊब चुके हो? तो फिर खुद को किसी ऐसे काम में झोंक दो, जिसमें दिल से यकीन रखते हो, उसके लिए जियो, उसके लिए मरो और तुम वह खुशी पा लोगे, जो तुम्हें लगता था कि कभी तुम्हारी नहीं हो सकती। क्या तुम देख नहीं पाते, पूर्व के आकाश पर अरुणोदय हो गया है? सूर्य के निकलने में अब और अधिक विलंब नहीं है।

क्षमा माँगना

क्षमा माँगना तथा क्षमा करना, दोनों ही हमारे व्यक्तित्व की विशालता

सभी कार्यशीलता को कुछ क्षणों के लिए रोक कर स्वयं से प्रश्न करें– “वह कौन सा एक फैसला हो सकता है, जिसे अभी लेने से मेरे जीवन में बड़ा बदलाव घटित हो सकता है?” Just stop all activities for two minutes and ask: “What's that one dcecision of I take right now can change my whole life?”

को प्रकट करते हैं। सच्चे दिल से माँगी गई क्षमा सिर्फ अपनी कमी मान लेने भर से कहीं ज्यादा महत्त्वपूर्ण है। यह बात स्पष्ट करती है कि संबंधों में आनेवाली दरार की आशंका से आप अशांत हैं और उसके लिए खुद को क्षमा पात्र समझते हैं। क्षमा, सहायता व सहयोग करने की आदत बना लें। ये गुण कभी व्यर्थ नहीं जाते और आड़े वक्त पर काम आते हैं। खुद पर काबू करना कोई आसान काम नहीं है, लेकिन थोड़े से परिश्रम व लगातार कोशिशों से इस पर काबू पाया जा सकता है। स्वयं को नियंत्रित करने में यदि आप एक बार सफल हो जाते हैं तो फिर बड़ी-से-बड़ी अड़चनें भी आपको आपके लक्ष्य से डिगा नहीं पाएँगी। आप गलत मार्ग से बच जाएँगे।

गलत विचार किसी भी मनुष्य को बहुत जल्दी अपनी गिरफ्त में ले लेते हैं और यदि जल्दी ही उनसे छुटकारा नहीं पाया जाता तो वे मनुष्य को असफलता की ओर ले जाते हैं। इन सब विचारों से उत्पन्न होती है चिंता, जो मनुष्य को खोखला बनाती जाती है। जो मनुष्य ऐसे विचारों की गिरफ्त में आने के बाद यदि जल्दी उनसे छुटकारा नहीं पाता है या नहीं पा सकता तो यह समझना चाहिए कि वह उन विचारों का गुलाम हो गया है।

गलत परामर्शों को सुननेवाला, उनसे उत्साहित होनेवाला तथा इनका स्वागत करनेवाला व्यक्ति अवश्य ही अपने मार्ग से भटक जाता है। हम संकल्प कर लें, अपने लक्ष्य को निरंतर दोहराते रहें, बार-बार अपने लक्ष्य की पूर्ति का प्रण करते रहें, तभी हम अपने पथ पर आरूढ़ बने रह सकते हैं और शनैः-शनैः उस लक्ष्य के लिए कार्य करना हमारा आचरण बन सकता

है। वह हमारा स्वभाव बन सकता है। तब हम अपने जीवन के प्रभाव को पूर्णतया अपने लक्ष्य की ओर मोड़ सकते हैं। अपनी सब शक्तियों को उसी की सिद्धि के लिए लगा सकते हैं। कुछ समय के उपरांत हमसे कर्म-संबंधी हमारी योग्यता और परिश्रम की ऐसी प्रचंड तरंग प्रवाहित होगी, जो न केवल सब विघ्न-बाधाओं को बहा ले जाएगी, अपितु हमें भी हमारे लक्ष्य के निकट ले जाकर खड़ा कर देगी।

गलतियों के सबक

गलतियाँ करना मनुष्य का स्वभाव है, परंतु जो इन गलतियों से सबक नहीं लेता, वह कभी सफल नहीं होता। हम यह नहीं देखते कि भाग्य ने तो हमारा बहुत साथ दिया, पर हम अपनी गलतियों से बाज नहीं आए। इसलिए हम उन्नति नहीं कर सके और यदि उन्नति कर भी गए तो ठीक जगह तक न पहुँचकर लुढ़क गए। गलतियाँ करना व्यक्ति का स्वाभाविक गुण है। गलतियाँ कष्ट देती हैं, पर इन्हें सुधारने पर हम सफलता के नए द्वार पर होते हैं। गलतियों को अनावश्यक तूल न दें और न ही उन्हें बढ़ा-चढ़ाकर देखें। कोशिश होनी चाहिए कि गलती को किस तरह से सुधारा जा सकता है? गलती किसी से भी हो सकती है। सकारात्मक रवैया अपनाने पर व्यक्ति अपनी गलती से सबक लेता है। हमें अपने साथी, सहयोगी, मित्र अथवा कर्मचारी की इसी क्षमता को उभारना चाहिए।

गलतियों से सीखें। नाकामयाबी सिर्फ एक घटना तथा सीखने योग्य अनुभव है। यह एक बढ़ता हुआ कदम है, जो सफलता की ओर ले जाता है। सफल व्यक्तियों ने न जाने कितनी बार असफलता का मुँह देखा है। उनके लिए असफलता सिर्फ एक गुजरी हुई घटना है, जैसे पुल के नीचे बहता पानी।

चुनौतियों व कठिनाइयों से मुकाबला

चुनौतियाँ नेतृत्व का अभिन्न हिस्सा होती हैं। महान् नजरिए ही नेतृत्व को जन्म देने का काम करते हैं। सामान्य तौर पर हर कोई बहुत कल्पनाशील

नहीं होता। आपकी विवेकशीलता लोगों को प्रभावित करने का काम करती है। कुछ लोग बहुत कल्पनाशील नहीं होते हैं, लेकिन बहुत प्रभाव छोड़नेवाले और प्रेरणा से भरे होते हैं। बहुत थोड़े लोग ही ऐसे होते हैं, जिन्हें हर चीज वरदान के तौर पर मिलती है और साथ ही मेधा भी। बहुत महान् लोग अपने को लेकर हमेशा सजग रहते हैं। वे अपनी प्रतिभा को लेकर सजग रहते हैं। वे आत्मविश्वास को लेकर भी सजगता बरतते हैं। वे किसी जगह अपने कौशल को लेकर कमी महसूस करते हैं तो उसे दूसरी बातों से पूरा करने की कोशिश करते हैं।

कई लोग कठिनाइयों और नाकामियों का सामना करने के लिए तैयार नहीं होते, क्योंकि उन्होंने कभी किसी काम में डटे रहने की इच्छाशक्ति ही विकसित नहीं की होती। इसलिए नाकामी हाथ लगने पर वे बहुत जल्दी हथियार डाल देते हैं। नाकाम होने पर कई लोग इस तरह व्यवहार करते हैं, जिससे वे खुद को बहुत हानि पहुँचाते हैं। वे खुद पर तरस खाने लगते हैं, सभी को दोषी ठहराते हैं, अपना दिल खट्टा कर लेते हैं और हार मान लेते हैं। यह दृष्टिकोण सही नहीं है। इससे कोई फायदा भी नहीं होता। दरअसल, हम यह भूल जाते हैं कि परीक्षाओं से हमें कुछ-न-कुछ फायदा होता है। हर क्लेश से हम कुछ-न-कुछ सीखते हैं। व्यक्ति सीखता है कि नाकाम होने पर कोई मर नहीं जाता है, न ही वह हमेशा नाकाम ही रहेगा, बल्कि इससे व्यक्ति के सोचने-समझने की शक्ति बढ़ती है और अगली बार सामना करने के लिए वह तैयार रहता है।

माना कि नाकाम होने के बाद फिर से उसी काम को शुरू करना हमेशा आसान नहीं होता। कभी-कभी हमें ऐसी चुनौतियों का सामना करना पड़ता है, जिससे हमें लगता है कि हमारी सभी कोशिशों पर पानी फिर गया है और मंजिल पास आने की बजाय और भी दूर खिसकती जा रही है। हमारा दिल शायद बैठ जाए या हम खुद को किसी भी काम के काबिल न समझें और शायद इतने मायूस या हताश हो जाएँ और दूसरों की उन्नति देख ईर्ष्या से भर उठें।

छोटी-छोटी बातों से व्यक्ति के मन में ईर्ष्या के भाव पैदा होते हैं और धीरे-धीरे वे भाव विकराल रूप भी धारण कर सकते हैं। ईर्ष्या का भाव व्यक्ति के विचारों को मलिन करता है। उसके मन में गलत विचार पैदा होते हैं। गलत विचार व्यक्ति को गलत मार्ग पर ले जाते हैं। व्यक्ति दूसरों से ईर्ष्या तब करता है, जब वह दूसरों से गुणों में कमजोर हो। अपने अवगुणों के कारण वह सफल नहीं होता तो दूसरों की उन्नति को सहन नहीं कर पाता और उसके मन में ईर्ष्या घर कर जाती है। ईर्ष्या के इस भाव से तभी बचा जा सकता है, जब असफल व्यक्ति दूसरों के गुणों को देखे, उन्हें अपनाए, उनसे प्रेरणा लेकर कार्य करे।

सफलता आपके दृष्टिकोण पर ज्यादा निर्भर करती है, बजाय कि दक्षता के...
Success depends more on attitude rather than talent...

जब हमारा चित्त स्थिर होता है और विवेक जागता है, तभी हम सही मायने में अपनी भूलों को पहचान पाते हैं और पश्चात्ताप के भाव को समझ पाते हैं। चूक होने पर एक छोटा बालक भी यह बात समझता है और क्षमा माँगना सीखता है। ऐसा कार्य, जिसे पूर्ण करने के पश्चात् किसी घटना से एहसास हो कि वह गलत था, लेकिन अब उस गलती को सुधारा नहीं जा सकता, तो उसका मन पर भार कम करने के लिए किया गया शुभ कार्य प्रायश्चित्त कहलाता है। जिंदगी है तो भूलें होती रहेंगी, गलतियाँ भी होंगी, लेकिन इन गलतियों और भूलों को मन में बसा लेना इनका समाधान नहीं है। इनका समाधान प्रायश्चित्त है।

जिंदगी इम्तिहान लेती है

जिंदगी उसी को आजमाती है, जो हर मोड़ पर चलना जानते हैं। कुछ पाकर तो हर कोई मुस्कराता है, पर जिंदगी उसी की है, जो सबकुछ खोकर भी मुस्कराता है। जिंदगी के जिन आम अनुभवों पर सामान्यत: ध्यान नहीं जाता, वैज्ञानिक उन्हीं तथ्यों को बारीकी से समझते हैं और नई खोज या आविष्कार को जन्म देते हैं। जिंदगी में एक जरूरत दूसरी का आह्वान (Call) करती

है। जिंदगी में मनचाहा रास्ता बना-बनाया नहीं मिलता, खुद बनाना पड़ता है। जिसने जैसा मार्ग बनाया, उसे वैसी ही मंजिल मिलती है। जिंदगी में सफल होने के लिए कार्यों को एक निश्चित समय पर करना जरूरी होता है, क्योंकि समय किसी की प्रतीक्षा नहीं करता। इसीलिए हमें समय का सदुपयोग करना बहुत जरूरी है। एक मिनट हमारे जीवन को नहीं बदल सकता, लेकिन एक मिनट में लिया गया निर्णय हमारे जीवन को बदल भी सकता है। समय की अहमियत भी हर किसी के लिए अलग-अलग होती है।

कभी-कभी लोग किसी चीज को पाने की योग्यता रखते हैं, लेकिन अपनी योग्यता को कम करके आँकते हैं। द्वेषपूर्ण प्रतियोगिता से बचने का सबसे अच्छा तरीका है, अपने आपको सर्वश्रेष्ठ साबित करना। कोई माने या न माने, आपकी सफलता आपको जरूर मान्यता देगी। दूसरों की प्रशंसा अथवा निंदा में पड़ने की आवश्यकता नहीं है। सफल होने के लिए आपको लोगों से प्रमाण-पत्र पाने की कोई जरूरत नहीं है। आप अपने लक्ष्य पर ध्यान रखते हुए सदा आगे बढ़ते रहें, सफलता जरूर मिलेगी।

वो जीतेगा कैसे,
जो असफलता से घबरा गया!
वो जीतेगा ऐसे,
जो असफलता से ले सीख बढ़ गया!!

सफर

में बढ़ते जाएँ आंतरिक शक्तियों के साथ।

□

7

जानना, समझना और करना
(Know, Understand and Act)

जिज्ञासा व्यक्ति को सकारात्मक बनाती है। जिज्ञासा पैदा होना व्यक्ति के सकारात्मक होने की निशानी है। सकारात्मक सोच व्यक्ति से बड़ा कार्य कराती है, जबकि नकारात्मक सोच गर्त में धकेलती है। सकारात्मक सोच महानता का मार्ग प्रशस्त करती है। सकारात्मक सोच के बल पर ही बड़े कार्य कर नाम कमाया जा सकता है, इसमें जरा भी संदेह नहीं है। जितना हो सके, उतना करना, मगर लगातार करना, उसे करने में लगे रहना। अगर व्यक्ति लगातार उतना करता है, जितना उससे हो सकता है, तो समय आने पर उसे इसके अच्छे नतीजे मिलेंगे। व्यक्ति अगर अपने लक्ष्य को पाने के लिए लगातार, बिना हारे कोशिश करता ही रहेगा, तो वह जरूर प्रगति करेगा और उसमें लगे रहने की वजह से उसमें हमेशा जोश भरा रहता है। इसलिए उसके हारने की या दौड़ से निकाल दिए जाने की गुंजाइश कम रहती है। जी हाँ, आप भी ऐसे दौड़िए कि अपनी मंजिल तक पहुँचकर जीत हासिल कर सकें।

सुधारात्मक तरीका

जिन इच्छाओं को हम पूरी होते देखना चाहते हैं, उनके लिए हमें सौ प्रतिशत क्षमताओं के उपयोग का कमाल अपने व्यक्तित्व में पैदा करना

चाहिए। तब कोई ऐसा कारण नहीं कि जो आपने सोचा हो, वह पूरा न हो। देर-सबेर आप अपने सपनों को सच कर ही ले लेंगे। रचनात्मक सोच किसी भी कार्य को करने का नया सुधारात्मक तरीका खोजना है। सभी प्रकार की सफलताओं का परिणाम, चाहे वह घर पर हों या कार्यक्षेत्र में या समाज में, यह सिर्फ इस बात पर निर्भर करता है कि कार्य को किस तरह से बेहतर किया जाए और यह सबकुछ संभव तभी होगा, जब आप अपनी रचनात्मक सोच की क्षमता में सुधार करेंगे एवं मजबूती लाएँगे।

जिन लोगों ने अपने जीवन में कामयाब होने का ख्वाब देखा है, उन्हें यह बात निश्चित कर लेनी चाहिए कि सकारात्मक विचारों के पंख लगाकर ही वे सफलता के स्वच्छंद गगन में उड़ान भर सकते हैं। नकारात्मक विचारों से अपना दामन छुड़ाए बिना हम सफलता की मंजिल तक नहीं पहुँच सकते। दूषित व बुरे विचार हमारी कार्यक्षमता को तो प्रभावित करते ही हैं, नकारात्मक विचार उत्साह व आत्मविश्वास को घटाते हैं। जिन लोगों में आत्मविश्वास की कमी होती है, वे अपने भाग्य निर्माण और लक्ष्य की प्राप्ति के लिए भरे मन से प्रयास करते ही नहीं। संकोच करते रहने तथा सहमे-सहमे रहनेवालों की किस्मत में सफलता नहीं होती।

जिन लोगों में आत्मविश्वास है, उन्होंने यहाँ तक पहुँचने के लिए कड़ी मेहनत की है और इस यात्रा में उन्होंने कई ठोकरें भी खाई हैं। उन्हें इस बात का ज्ञान हो जाता है कि उन हालात में उन्हें क्या करना चाहिए, जहाँ उन्हें दबाव में काम करना पड़ रहा है और असफलता भी हाथ लग सकती है। इस मन:स्थिति के साथ वे कठिन-से-कठिन कार्य की जिम्मेदारी अपने ऊपर ले लेते हैं, भले ही कार्य में कितना भी खतरा या जोखिम क्यों न हो। अगर दूसरों को ऐसा लगता भी है कि वे निर्भीक हैं, तब भी सच यही है कि उन्होंने उस भय के साथ रहना सीख लिया है।

जिन व्यक्तियों की इच्छाशक्ति बहुत अधिक दुर्बल अर्थात् आत्मविश्वास क्षीण हो जाता है, वे किसी सरल कार्य में भी सफलता प्राप्त करने में हमेशा वंचित रहते हैं। तभी तो विलियम जेम्स कहते हैं, ''जीवन से कभी डरो मत

और हमेशा विश्वास यही रखो कि यह जीवन जीने योग्य है और तुम्हारा यही विश्वास जीवन में तथ्यों के नए निर्माण में सच्चा सहायक साबित होगा।''

जिन सांसारिक उम्मीदों की चाह में व्यक्ति का दिल धड़कता है, वे राख हो जाती हैं या उस गुमनाम बर्फ की तरह होती हैं, जो रेगिस्तान के धूल भरे चेहरे को कुछ समय के लिए ढक देती हैं। जिनके पास काम नहीं होगा, उनका दिमाग बेकार के चिंतन में और शरीर दुर्व्यसनों में निरत होगा। खाली लोगों में क्रमशः दुर्गुण बढ़ते हैं। समय काटने के लिए वे दोस्तों की तलाश में रहते हैं और जो भी उनके चंगुल में फँस जाता है, उसे अपने जैसा बना लेते हैं। नई पीढ़ी की बरबादी में इन दिनों दोस्तबाजी का एक प्रकार से भयानक दुर्व्यसन बन चला है। आवारा लोगों की चांडाल चौकड़ी ही इन दिनों मित्रमंडली कहलाती है। यह समस्त अभिशाप खाली बैठने के हैं। इस तथ्य को जितनी गंभीरतापूर्वक समझा जा सके, उतना ही उत्तम है।

सवाल यह नहीं है कि वह एक ही दिन में सफल हो गया, बल्कि सवाल यह है कि क्या उसकी सफलता निरंतर बरकरार है?
The question is not whether one has become successful overnight, The question is whether it is consistent or not.

जिन्हें चोट कभी नहीं लगी है, वे ही चोट के दाग की ओर हँसी की दृष्टि से देखते हैं। जिन्हें सपने देखना अच्छा लगता है, उन्हें रात छोटी लगती है और जिन्हें सपने पूरे करना अच्छा लगता है, उन्हें दिन छोटा लगता है। जिम्मेदार मनुष्य अपने कार्यों के प्रति सर्वथा सचेत रहता है और वह जानता है कि कार्यों को कैसे किया जाता है? मनुष्य महान् तभी बनता है, जब वह अपनी जिम्मेदारियों को निष्ठा से निभाता है। गैर-जिम्मेदार मनुष्य इससे दूर भागता है। वह अपनी जिम्मेदारियों से छिपता फिरता है। यह अवगुण मनुष्य को असफल बनाता है, इसलिए सफलता के लिए मनुष्य में जिम्मेदारी की भावना का होना परम आवश्यक है।

जिम्मेदारी लेना और निभाना

जिम्मेदारियों से मुँह मोड़ना स्वयं को असफलता की ओर ले जाना है। मनुष्य को अपनी जिम्मेदारी से मुँह न मोड़कर उन्हें निभाने के लिए प्रयासरत रहना चाहिए। मनुष्य की जिम्मेदारी मात्र स्वयं के लिए ही नहीं है। उसे जिम्मेदारियाँ अपने परिवार, अपने समाज, अपने देश के प्रति भी निभानी पड़ती हैं। जिम्मेदारी निभानेवाला व्यक्ति ही सफलता की ओर बढ़ता है। जिम्मेदारी निभानेवाला व्यक्ति ही भाग्य निर्माण की ओर बढ़ता है, क्योंकि वह जिम्मेदारी उठा सकता है। जिम्मेदारी लेना, उसे पूर्ण करना साधारण कार्य नहीं है। जिम्मेदार व्यक्ति अपने कार्यों के प्रति सर्वदा सचेत रहता है और वह जानता है कि कार्यों को कैसे किया जाता है।

जिम्मेदारी मनुष्य को एक आदर्श रूप में समाज में प्रस्तुत करती है। मनुष्य की स्वयं के प्रति, परिवार, समाज आदि के प्रति क्या जिम्मेदारी है? मनुष्य को जिम्मेदारी का अहसास होना, उसकी सफलता के लिए अत्यावश्यक है। जो व्यक्ति अपनी जिम्मेदारी समझता है, उसे ही किसी जिम्मेदारी को पूर्ण करने का दायित्व सौंपा जाता है, न कि किसी गैर-जिम्मेदार व्यक्ति को।

जिम्मेदारी लेना, उसे पूर्ण करना साधारण कार्य नहीं है। जिम्मेदार मनुष्य अपने कार्यों के प्रति सर्वथा सचेत रहता है और वह जानता है कि कार्यों को कैसे से किया जाता है? मनुष्य महान् तभी बनता है, जब वह अपनी जिम्मेदारियों को निष्ठा से निभाता है। गैर-जिम्मेदार मनुष्य इससे दूर भागता है। वह अपनी जिम्मेदारियों से छिपता फिरता है। यह अवगुण मनुष्य को असफल बनाता है, लेकिन सफलता के लिए मनुष्य में जिम्मेदारी की भावना का होना परम आवश्यक है।

जिम्मेदारी व्यक्ति को एक आदर्श रूप में समाज के सामने प्रस्तुत करती है। व्यक्ति को जिम्मेदारी का अहसास होना, उसके भाग्य निर्माण व सफलता के लिए अत्यावश्यक है। जिस इंसान के मन में एक निश्चित लक्ष्य है और इसे हासिल करने के लिए एक निश्चित योजना है, उसने सफलता की राह नब्बे फीसदी तक पहले ही तय कर ली है। कोई भी व्यक्ति, जिसे ज्ञान है

और जो व्यक्तियों के सामंजस्यपूर्ण संयोजन से शक्ति पैदा कर सकता है, वह किसी भी उचित कारोबार में सफल हो सकता है।

जिस काम को पूरा करने में, जिसके विषय में आपको अपनी शक्तियों पर पूरा विश्वास होता है, आप उसी काम को कर सकते हैं। जो व्यक्ति यह सोचता है कि संसार में सभी व्यक्ति धनी नहीं हो सकते और अधिकांश व्यक्तियों को गरीब ही रहना पड़ेगा और मैं भी उन्हीं में से एक हूँ, तो वह व्यक्ति कभी भी धनी नहीं हो सकता। आपने प्राय: देखा होगा कि अधिकांश व्यक्ति कॉलेज से पहले ही पढ़ाई छोड़ बैठते हैं। इसका एक ही कारण उनका यह सोचना है कि वे इस योग्य कहाँ? जिस तरफ रास्ता दिखलाई देता है, उधर ही जाने की इच्छा होती है। जहाँ मार्ग दृष्टिगत नहीं होता, वहाँ जाने के लिए विचार भी नहीं होता। यह व्यवहार साधारण इच्छा रखनेवाले व्यक्ति के लिए है, परंतु इच्छुक और साहसी मनुष्य इस सामान्य नियम को बदल डालते हैं।

जिस प्रकार एक चट्टान दृढता से खड़ी रहती है, अपने स्थान से टस-से-मस नहीं होती, उसी प्रकार अपना भाग्य बदलने के लिए व्यक्ति के मन में चट्टानी दृढता होनी चाहिए कि मुझे अपना भाग्य बदलना ही है। यदि आपका निश्चय दृढ होगा तो आप कहेंगे कि बाधाएँ तो आती रहती हैं। उनसे निबटना मुझे आता है। जिस प्रकार एक चुंबक लौह धातु को अपनी ओर खींचता है, उसी प्रकार व्यक्ति भी अपनी शक्तियों के बल पर सफलता को अपनी ओर आकर्षित करते हैं।

जीवन में मिलनेवाली विफलताएँ दरअसल विधाता की तरफ से ली जानेवाली हमारी परीक्षा ही समझिए। हम अपने जीवन में लक्ष्य को पा सकेंगे या नहीं, यह हमारी पात्रता पर निर्भर है। हमें अपना ध्यान लक्ष्य पर केंद्रित रखकर आगे बढ़ना चाहिए। मान लीजिए, आपको नदी के उस पार जाना है। बीच में तूफान आ जाता है तो अगर आपकी नजर लक्ष्य से भटक जाती है तो आप भी भटक सकते हैं, पर अगर आपकी नजर लक्ष्य पर केंद्रित है तो पानी का तेज बहाव भी आपको रोक नहीं पाएगा। कारण आपकी एकाग्रता है, क्योंकि आपका ध्यान तूफान पर नहीं लक्ष्य पर था।

धोखा देना असंभव होता है, अगर 'प्रेम' के मूल सिद्धांत को माना जाए!
It is impossible to cheat if one follows the philosophy of love.

जो लोग अपनी तमाम असफलता का दोषी परिस्थितियों या किस्मत को ठहराने लगते हैं, उन्हें नेपोलियन की यह बात याद रखनी चाहिए, जिसने कहा था—चूल्हे में जाएँ परिस्थितियाँ! परिस्थितियाँ मैं बनाता हूँ। विफलता की ज्यादातर परिस्थितियाँ और किस्मत के प्रतिकूल नतीजे खुद के बनाए हुए होते हैं। हमें यह नहीं भूलना चाहिए। जो लोग अपने इरादों में मजूबती को बरकरार रखते हैं, निश्चित रूप से वे कामयाब रहते हैं। जो लोग अपने उद्‌देश्यों के प्रति सदैव जागरूक एवं प्रतिबद्ध रहते हैं, वे धीरे-धीरे अपने इरादों में मजबूती हासिल करते चले जाते हैं। ऐसा नहीं है कि कामयाब लोगों के लिए हालात हमेशा उनके मुताबिक ही रहते हों। वास्तविकता तो यह है कि बिल्कुल उल्टे हालातों में लोगों ने संघर्ष करते हुए अपनी मंजिलें तय की हैं। मुश्किलों से घबराकर पीछे लौट जानेवालों के हिस्से में कामयाबी कभी नहीं आती।

जो लोग भाग्य बदलना, सफलता प्राप्त करना चाहते हैं, उन्हें डरने की जरूरत नहीं है। यदि आप जरूरत के अनुसार स्थितियों को बदलना चाहते हैं तो अपने वर्तमान की परिस्थितियों में बदलाव कीजिए। सफलता पाने वाले व्यक्ति किसी चीज को करने का साहस रखते हैं। इसलिए उनके सपने वास्तव में साकार होते हैं। सफलता के साथ प्रतिद्वंद्वी पैदा होना सामान्य बात है, जैसे किसी व्यक्ति को आगे बढ़ने के लिए जरूरी हो जाता है कि किसी-न-किसी को पीछे छोड़े। कुछ लोग अपनी सफलता के प्रति हीनभावना से ग्रस्त होते हैं और अपना ज्यादा समय दूसरों की योग्यता या सफलता से अपने आपको बेहतर साबित करने में बरबाद कर देते हैं। अपने लिए की गई शिकायतों पर सदा ध्यान दें, क्योंकि ये आपको दूसरों से बेहतर बनने में सहायक होती हैं।

खुशी का जज्बा व्यक्ति को शालीन, विनम्र और व्यवहारकुशल बनाता है। जिस व्यक्ति के अंदर दिल से निकली सच्ची खुशी विराजमान रहती है,

उसका लोक-व्यवहार लुभावना होता है। जो खुशी की शक्ति को पहचान जाते हैं और छोटी-छोटी बातों में खुशियाँ तलाशकर अपने जीवन को खुशहाल बना लेते हैं।

जो व्यक्ति केवल स्वयं के लिए जीता है, वह जीवन का वास्तविक आनंद प्राप्त नहीं कर पाता, क्योंकि वह जीवन भर अपनी इच्छाओं की पूर्ति में लगा रहता है और कभी आत्मसंतुष्टि प्राप्त नहीं कर पाता। स्वार्थ को छोड़ दूसरों के लिए जीनेवाले व्यक्ति को अपने कार्यों को सिद्ध करने के लिए कहीं भटकने की आवश्यकता नहीं होती, क्योंकि उसके कार्य उसके गुणों, उसकी योग्यता के बल पर पूरे होते हैं और वह व्यक्ति जीवन में आत्मसंतुष्टि भी प्राप्त करता है।

दुनिया मुफ्त में नहीं देती

दुनिया आपको मुफ्त में कुछ नहीं देती। सफलता जैसी बेशकीमती चीज तो बिल्कुल नहीं। अत: सफलता का पकवान चखने के लिए कड़ी मेहनत करनी होगी। दुनिया की ज्यादातर महत्त्वपूर्ण चीजें उन लोगों द्वारा प्राप्त की गई हैं, जो कोई उम्मीद न होने के बावजूद अपने प्रयास में लगे रहे। दुनिया के तमाम शोधों ने यह साबित कर दिया है कि किसी भी व्यक्ति की सफलता में पचास प्रतिशत हिस्सा उसकी अपनी बात दूसरे तक पहुँचाने की क्षमता (Communication) का होता है। आपके पास कितनी ही योग्यता, ज्ञान और अनुभव हो, लेकिन इन सबको अभिव्यक्त (Express) करने की क्षमता आपमें यदि नहीं है तो आप सफलता का स्वाद कभी चख ही नहीं सकते।

दुनिया में दो प्रकार के लोग हैं। एक वे, जो हर कार्य को पहले से सोच-समझकर और नियोजित तरीके से पूरा करते हैं। दूसरे वे, जो अपने कार्य को पूरा करने के लिए किसी प्रकार की योजना नहीं बनाते और बिना किसी सोच-विचार के ही उसे अंजाम देने में लग जाते हैं। ऐसे लोगों की जिंदगी हमेशा अव्यवस्थित (Unorganized) रहती है। इसलिए कोई

भी काम करने से पहले उसके बारे में पूरी तरह से सोच-विचार कर लें। साथ ही, सभी कार्यों को किसी डायरी या प्लानर पर नोट अवश्य कर लें। इसका सबसे बड़ा फायदा यह होगा कि कोई भी काम छूटेगा नहीं। यही नहीं, आपके सारे काम बहुत आराम से और सही ढंग से पूरे हो सकेंगे। टालमटोल हरगिज न करें।

दुनिया में सबसे ज्यादा लोग टालमटोल की बीमारी से परेशान हैं। जो काम हमें आज करना चाहिए, उसे हम कल पर टाल देते हैं और बाद में उसे पूरा करना भूल जाते हैं। ज्यादातर लोग इसी वजह से अपना लक्ष्य पूरा नहीं कर पाते, क्योंकि उन्हें मौजूदा परिस्थितियों को बदलने में कष्ट महसूस होता है। कुछ लोग आलस्य, तो कुछ लोग छोटी-मोटी परेशानियों के कारण बुरी परिस्थितियों में ही जीवन जीते रहते हैं। ऐसे लोग बदलाव से घबराते हैं। दुनिया में हरेक इंसान की सफलता अलग है, जिसका सबसे मुख्य रूप एक सफल इंसान बनना है। ऐसे लोग अपने जीवन में आनंद और खुशियों को बढ़ाने की कोशिश करते हैं और इन सभी आदतों को अपना कर ही आप अपने जीवन को बदल सकते हैं। यदि आपको अपने लक्ष्य तक पहुँचना है तो आपको बदले में कुछ-न-कुछ तो जरूर देना ही पड़ेगा, यही प्रकृति का नियम है।

ध्यान

ध्यान करना अध्ययन में सहायक होता है और इससे हमारी समझ तीव्र होती है। याददाश्त बढ़ती है और हमारे लिए किसी भी कार्य, नौकरी, गतिविधि या लक्ष्य पर ध्यान लगाना आसान हो जाता है और तब आप लक्ष्य अधिक आसानी एवं कुशलता से हासिल कर सकते हैं। मानसिक शक्तियों का विकास करने के लिए भी यह क्षमता आवश्यक है। यह रचनात्मक कल्पना का उपयोग करने के लिए एक शक्तिशाली साधन है। यह क्षमता विकसित हो जाने पर हमारा मन स्वयं जागरूक रहकर हमें अनेकों अवसरों को देखने की क्षमता, सकारात्मक विचार, क्रियाशीलता और लक्ष्य की ओर प्रेरित करता है। कल्पनाशील मन फालतू के नकारात्मक विचार या तनाव में उलझकर

शक्ति और समय नहीं बेकार करता। हमें मन की सच्ची शांति और शक्तियों का अनुभव होता है।

ध्येय (Goal)

मानव की शक्ति, क्षमता एक सीमित और निर्धारित परिधि में रहती है। कोई भी व्यक्ति एक साथ अनेक लक्ष्य, अनेक कार्यक्रमों का बोझा नहीं ढो सकता। कोई भी व्यक्ति अनेक दिशाओं में भाग-दौड़ नहीं कर सकता। प्रत्येक उस व्यक्ति के लिए, जो सफलता प्राप्त करना चाहता है, उसे एक ही लक्ष्य का चुनाव करना पड़ेगा। उसे ही अपना मनचाहा ध्येय बनाना पड़ेगा। उसी के अनुसार कार्यक्रमों में लगना पड़ेगा। युद्ध के लंबे और विस्तृत क्षेत्र में किसी फौजी टुकड़ी का नायक दुश्मन से भिड़ने के लिए मोर्चा बना लेता है। उसी मोर्चे पर जब वह डटकर संघर्ष करता है तो बहुत कुछ सफलता मिल जाती है। यही बात जीवन संग्राम पर भी लागू होती है।

निराशा (Despair)—बिल्कुल नहीं

निराश मन को गुलाब से महकता उद्यान भी वीरान महसूस होता है। निराश व्यक्ति अपने और दूसरों में बुराइयाँ ही देखते रहने के आदी होते हैं। इस दुनिया की अच्छी चीजों और जीवन के उज्ज्वल पहलुओं से वे हमेशा आँखें मूँदे रहते हैं। अपने आपको बुरा और दु:खी समझने के अलावा वे दूसरों से भी घृणा करते हैं। अपने जीवन को दु:खमय और भाररूप करने के अतिरिक्त वे दूसरों के जीवन में भी नकारात्मकता भर देते हैं। इसलिए सभी उनसे बचकर रहना चाहते हैं। निराशा अनेक दुर्गुणों को जन्म देती है। निराशावादी होने पर व्यक्ति के मन में प्राय: किसी भी कार्य के प्रति शंका बनी रहती है कि मैं अमुक कार्य कर पाऊँगा अथवा नहीं? उस कार्य में न जाने कैसी-कैसी परेशानियाँ आएँ आदि। इस प्रकार की अनेक शंकाएँ उसे परेशान करती हैं। इन शंकाओं को गढ़ते-गढ़ते वह आसान कार्य भी नहीं कर पाता और छोटे-छोटे कार्यों से भी घबराने लगता है। यह उस व्यक्ति के

आत्मविश्वास की कमी को इंगित करते हैं और वह असफल होता है। उसके कदम लड़खड़ाते रहते हैं और वह गर्त की ओर जा पहुँचता है। वह भूल-भुलैया में ही भटकता रहता है और जहाँ से प्रारंभ करता है, घूम-फिरकर वहीं पहुँच जाता है।

निराशा अवगुण कब बनती है ? जब व्यक्ति किसी कार्य में असफल हो और उसे निराशा घेर ले। निराश होकर वह बैठ जाए। उस असफलता का हल न ढूँढ़े, तब निराशा नामक अग्नि जन्म लेती है, जिससे व्यक्ति के बाकी सभी गुण जलकर भस्म हो जाते हैं। निराशा में ही आशा छिपी है, लेकिन तब, जब निराशा के कारणों को ज्ञात कर उनसे छुटकारा पाया जाए अन्यथा निराशा अवगुण में परिवर्तित होकर व्यक्ति को असफलता का मार्ग दिखाती है।

निराशा और छोटे मार्ग से सफलता पाने की तिकड़में छोड़े बिना आपमें वास्तविक प्रतिभा का विकास नहीं हो सकता। सदैव आशा और विश्वास से परिपूर्ण विचारों का स्वागत कीजिए। थोड़े ही दिनों में आपको आश्चर्य होगा कि आप जिन पदों की, जिन कुरसियों पर बैठने की लंबे समय से इच्छा रखते थे, वे सब आपकी ओर खिंचे चले आ रहे हैं। निराशा की छोटी सी रेखा भी मानसिक यंत्र को उसी प्रकार बेकार और निकम्मा बना देती है, जिस प्रकार धूल का छोटा सा कण या छोटा सा बाल चलती हुई घड़ी को बंद कर देता है।

निराशा से बचने का एकमात्र उपाय है, अंत:करण में आशा की चेतना का जागना। निराशा से बढ़कर दूसरा कोई पाप नहीं है। इसलिए इसका समूल नाश करके आशावाद (Optimism) अपनाना चाहिए। मानवीय प्रगति का आधार आशावादिता ही है। अत: संसार में आने के उद्‍देश्य की पूर्ति के लिए आपको सर्वप्रथम आशावादिता का आश्रय लेना चाहिए।

निश्चित योजना

निश्चित योजना के बिना जीवन में कभी भी ऐसा कुछ हासिल नहीं किया जा सकता, जो सार्थक और महत्त्वपूर्ण हो। यह भी तब हासिल होता है, जब

एक प्रक्रिया के तहत दिन-रात व्यवस्थित (Organized) और निरंतर प्रयास किए जाएँ। एक निश्चित प्रमुख लक्ष्य सिर्फ सोच लेने, साफ-साफ भाषा में लिख लेने और दिमाग में पूरी तरह फिक्स कर लेने से ही प्राप्त करना सुनिश्चित नहीं हो पाएगा। प्रमुख लक्ष्य हासिल करने की इच्छा को लगातार प्रयासों का समर्थन मिलना बहुत जरूरी है और उससे भी ज्यादा जरूरी है, अन्य लोगों के साथ रिश्ता।

अतीत को पछतावे से नहीं सुधारा जा सकता, भविष्य ही इसके लिए एक विकल्प है।
PAST can't be repaired by remaining in guilt. Future is the only option to clear all setbacks.

एक निश्चित लक्ष्य हासिल करने के लिए पूर्ण संयोग (Co-ordination) के साथ दो या उससे अधिक दिमागों की संधि से हर एक व्यक्ति का दिमाग काफी उत्साहित होता है और वैसी मानसिक स्थिति बनती है, जिसे विश्वास कहते हैं। इसकी शक्ति और क्षमता का थोड़ा एहसास गहरी दोस्ती और प्रेम के रिश्ते में होता है।

कुशल नेतृत्व (Super Leadership)

नेतृत्व अच्छे-बुरे की समझ देता है और विपरीत परिस्थितियों में नियंत्रण करने में सहयोग देता है, जिससे हार का मुँह न देखना पड़े। जीवन में ऐसे ही मोड़ आते हैं, जब हम परिस्थितियों और प्रयासों के बीच संतुलन स्थापित नहीं कर पाते और ऐसे में हमारा नेतृत्व कभी-कभी असफल हो जाता है। यदि कभी असफलता हाथ भी लगे तो समस्या को गंभीर होने से रोकने का प्रयास करें और कार्य को पूरा करने की सामर्थ्य रखें। यही वास्तविक नेतृत्व है।

नेतृत्व करने का कोई एक निश्चित नियम नहीं है और योग्य नेतृत्वकर्ता एक जैसे व्यक्तित्व के नहीं होते। वे बातूनी या गंभीर, मजाकिया या शांत, कठोर या नरम, शरमीले या जोशीले हो सकते हैं। नेतृत्व के संबंध में प्रचलित

मान्यताओं को मन से निकालकर, हमें अपनी स्पष्ट धारणा बनाने का प्रयत्न करना चाहिए, क्योंकि जीवन के सभी क्षेत्रों में चाहे कोई संस्था हो, संगठन हो या हमारा अपना परिवार ही क्यों न हो, उसके कुशल संचालन के लिए भी सक्षम नेतृत्व की आवश्यकता होती ही है।

नेतृत्व क्षमता न तो शीर्ष से शुरू होती है, न ही वहाँ जाकर समाप्त होती है। यह उन जगहों पर उतनी ही अहम है और संभवत: वहाँ अधिक अहम, जहाँ हममें से अधिकतर लोग रहते और काम करते हैं। नेतृत्वकर्ता (Leader) अपने लिए मानक तय करता है और फिन उन पर सौ फीसदी ठहरता है। हमें अपना मूल्य, इस दुर्लभ मनुष्य जीवन का मूल्य समझते हुए, अपने श्रेष्ठ गुणों को प्रकट करते हुए ऐसा जीवन जीकर दिखाना चाहिए, जो दूसरों के लिए प्रेरणा का स्रोत हो।

सोच समझ के चलते जाना!
नहीं रुकावटों से घबराना,
ऐसे ही
मिलता है सफलता का खजाना!!

सफर
में निश्चित लक्ष्य हासिल करने के लिए बनाएँ उपयुक्त योजना।

□

8

अँधेरे से उजाले की ओर
(From Darkness to Brightness)

नेपोलियन बोनापार्ट में अदम्य साहस और वीरता के अलावा ऐसी कौन सी शक्ति थी, जिसके द्वारा उसकी अद्वितीय और अत्यंत विस्तृत विजय हुई ? उसके जीवन-चरित्र का अवलोकन करने से पता चलता है कि उसकी एकाग्रता और लक्ष्य-बुद्धि ही विजय का रहस्य थी। उसने एक सैनिक को केवल 'नामुमकिन' शब्द का इस्तेमाल करने की वजह से सेना से बाहर निकाल दिया था।

पक्का इरादा बड़े-से-बड़े कार्य को छोटा बना देता है। आत्मविश्वास स्वयं अपने आप में आस्था है। जब भी हम अपने मन में इस संकल्प को दोहराते हैं कि मैं अमुक कार्य को कर डालूँगा तो आप निश्चित मानिए, आधा काम तो तभी पूर्ण हो जाता है। आत्मविश्वास बाधाओं की तेज आँधी में भी अपने मार्ग पर डटे रहने की शक्ति का आधार है। यह सर्वमान्य सत्य है कि ऐसी कोई मुश्किल नहीं, जिसका कि कोई हल न हो सके। बाधाएँ अपने संग समाधान के संकेत भी लेकर आती हैं।

परिस्थितियाँ चाहे जैसी हों, हर अवस्था में किसी व्यक्ति की इच्छाशक्ति या उसके मन की संकल्पशक्ति ही उसकी शारीरिक और मानसिक क्रियाओं के लिए अंतिम रूप से उत्तरदायी है, परिवेश (Situation, Surrounding) की भूमिका अहम नहीं है। यदि यही बात सच न होती

> **किसी ने एक व्यक्ति से पूछा –"आप अमीर क्यों नहीं हैं?"**
> **उसने उत्तर दिया–"अभी तक निर्णय नहीं लिया।"**
> **The best answer given when asked this:**
> **"Why aren't you financially rich?"**
> **The person replied:**
> **"I haven't decided yet."**

तो विगत वर्षों में खुदीराम बोस, बाघा जतिन, चंद्रशेखर आजाद, सरदार भगत सिंह, राजगुरु, सुखदेव आदि स्वतंत्रता सेनानियों ने फाँसी के फंदों में आसन्न मृत्यु को सामने देखकर भी जिस तरह का आचरण किया था, आगे बढ़कर फाँसी के फंदों को चूम लिया था, उनका आचरण पूरी तरह से भिन्न होता तथा वे भी अंग्रेजों के विरुद्ध लोहा लेते हुए अंत में पकड़े जाने और फाँसी पर झूल जाने के बहुत पहले ही आत्मसमर्पण कर चुके होते। अतः इस बात को दृढ विश्वास के साथ कहा जा सकता है कि व्यक्तित्व कोई विलासिता की सामग्री तो नहीं ही है, बल्कि यह हमारे अस्तित्व के साथ इतना ओत-प्रोत है कि इसे कभी हमसे अलग नहीं किया जा सकता है।

भाग्य और पुरुषार्थ

पुरुषार्थ व्यक्ति का वह गुण है, जिस पर उसका संपूर्ण जीवन टिका होता है। बहुत से लोग भाग्य के सहारे अपना बहुमूल्य समय व्यतीत करते रहते हैं, लेकिन पुरुषार्थ नहीं करते, जबकि वे यदि पुरुषार्थ करें तो अपने दुर्भाग्य को भी सौभाग्य में बदल सकते हैं।

पुरुषार्थ व्यक्ति स्वयं के लिए तो करता ही है, लेकिन स्वयं के लिए किया गया वही कार्य दूसरों के लिए कुछ करने की प्रेरणा बनता है। जब कोई व्यक्ति अपने पुरुषार्थ से, अपनी मेहनत से कोई व्यापारिक प्रतिष्ठान, उद्योग आदि स्थापित करता है तो वह यह केवल स्वयं के लिए नहीं करता, वह दूसरों को भी काम देता है, सफल होने की प्रेरणा देता है, दूसरों को मेहनत, लगन, आत्मविश्वास का पाठ पढ़ाता है। उसका वह कार्य अब दूसरों के

लिए होता है, क्योंकि वह हजारों व्यक्तियों की शक्ति है, उनके लिए वंदनीय है, उन्हें राह दिखानेवाला है। यह सब व्यक्ति अपने पुरुषार्थ से करता है।

प्रयोगशील बनें। कोई भी समस्या या मुश्किल तभी तक पहाड़ जैसी लगेगी, जब तक आप इसे पहाड़ जैसा समझेंगे। अगर आप मानते हैं कि यह नहीं सुलझ सकती, तो यह सचमुच नहीं सुलझेगी। यह विश्वास रखें कि यह सुलझ सकती है और इसके बाद आपके मन में इसके समाधान अपने आप आने लगेंगे। यह असंभव है, ऐसा कभी न तो सोचें, न ही कहें। इससे सब बाधाएँ टल जाएँगी।

बाधाओं से मुकाबला

बाधाएँ जंगली जानवर की तरह हैं। अगर आप उनके सामने आँख-में-आँख डालकर लड़ते रहेंगे और डरेंगे नहीं तो निश्चित ही आप विजय पा लेंगे। बाधाओं और दूसरों की कटु आलोचनाओं से अपने मन को अशांत न होने दीजिए। बाधाएँ हमें और निखारती तथा सँवारती हैं। अग्नि की तेज लपटों को सहकर ही सोना कुंदन बनता है। कुछ भी प्रयास न करने की बजाय प्रयास करके असफल हो जाना कहीं बेहतर है। कोई भी हार हमें यह नहीं बताती कि हममें योग्यता की कमी है। वह बताती है कि हमारे प्रयासों में कहीं-न-कहीं कोई कमी रही है, जिसे हम चाहें तो अपने प्रयासों द्वारा ठीक कर सकते हैं। हमारी सफलता के मार्ग में अवरोध (Obstacle) बनकर जो बाधाएँ प्रकट होती हैं, उन्हें अपनी समझ-बूझ द्वारा हटाया जाना संभव है।

> **आपके कार्यक्षेत्र में 5-6 बड़े प्रतिद्वंद्वी होते हैं। चुनौती उनसे आगे या बराबर रहने की है।**
> **There are only 5-6 major competitors in your field. The challenge is to remain ahead or equal to them.**

विवेक-बुद्धि से बाधाओं का मुकाबला करना सीखें। मन में थोड़ा भी भय उत्पन्न न होने दें। बस आत्मविश्वास के साथ बाधाओं से भिड़ जाएँ। फिर

स्वयं अनुभव होगा कि वह कार्य तो बड़ा आसान था। मैं तो उसे वैसे ही कठिन समझ रहा था।

मानसिक क्षमता बढ़ाएँ

मानसिक क्षमताओं का सही ढंग से उपयोग कर औसत आदमी भी मेधावी व बुद्धिमान व्यक्ति की तरह सोच सकता है। हम अपनी बुद्धिमत्ता के प्रयोग दैनिक जीवन की समस्याओं को सुलझाने में करते हैं। अपनी सोच में मामूली सा बदलाव लाकर कोई भी व्यक्ति इसका भरपूर लाभ उठा सकता है। मानसिक रूप से मजबूत व्यक्ति प्रतिकूल परिस्थितियों में भी स्वयं को बिल्कुल सुरक्षित रखता है। इस तरह के व्यक्ति न केवल स्वयं को किसी घटना का शिकार होने से बचाते हैं, बल्कि उन समस्याओं पर विजय भी प्राप्त करते हैं। मानसिक शक्ति के भंडार में चुंबकीय आकर्षण होता है।

यदि आँगन में खड़ा पेड़ उम्मीद के मुताबिक नहीं बढ़ रहा है तो उसमें समय पर खाद-पानी डालें और रोशनी की रुकावट को दूर करें। यदि हिम-दरार को लाँघना जीवन-रक्षा के लिए जरूरी हो जाए तो किसी प्रेरणा की आवश्यकता नहीं होती। ऐसे मौके पर व्यक्ति अपनी मांसपेशियों में खुद-ब-खुद लचक महसूस करने लगता है। इस प्रकार अगर हम पक्का संकल्प कर खुद की लक्ष्य पूर्ति में लगा दें, तो मन को बार-बार समझाना नहीं पड़ता। वह स्वयं ही एक उपयोगी उपकरण (Tool) बनकर हमारी मदद करता है।

अपने को मन का दास नहीं, स्वामी बनना पड़ेगा। आप शासक हैं और मन आज्ञा-पालक। मन द्वारा जो नियंत्रण अब तक आपके ऊपर हावी थे, उन सबको उतारकर फेंक दें और अपने को उनसे मुक्त हुआ समझें।

रसायनशास्त्र का एक नियम है, जो जिंदगी पर भी लागू होता है। जब कोई अणु टूटकर पुन: अपनी पूर्व अवस्था में आता है तो वह पहले से अधिक मजबूत होता है। इसी तरह हम किसी परेशानी का सामना करने के बाद पहले से अधिक मजबूत हो जाते हैं और जीवन में और भी तरक्की करते हैं।

रस्किन ने कहा है, "काल का एक भी घंटा ऐसा नहीं होता, जो मानव के भाग्य-निर्माण के लिए उपयोगी न हो। एक आदमी वह सबकुछ कर सकता है, जो आज तक किसी ने नहीं किया, यदि वह मानसिक संतुलन के साथ चलता है। जिसने मानसिक संतुलन छोड़ दिया, वह बहुत पीछे रह गया। वह कोई महत्त्वपूर्ण काम नहीं कर सकता।"

टीम सदस्यों की विशेषता जानकर, परिस्थिति को नियंत्रण करना ज्यादा उचित है, बजाय के टीम बदलने के।

Rather than trying to change, let's try to know the type of your team member and then handle accordingly.

लगनशीलता

लगन क्या है? लगन का मतलब है, समस्याओं या नाकामी के बावजूद अपने मकसद, हालात या काम में दृढता के साथ और मजबूती से टिके या लगे रहना। इसका यह भी अर्थ है कि चाहे कितनी भी विपत्ति क्यों न आए, मगर हार माने बिना दृढता से अपने मकसद को पूरा करने का निश्चय करना और उस पर डटे रहना। जब कोई कठिनाई आती है या नाकामी हाथ लगती है, तब हार मान लेने की बजाय, डटे रहनेवाला व्यक्ति उठ खड़ा होता है और कोशिश करता रहता है। लगन में जो तीसरी बात बहुत जरूरी है। वह है कि जितना हो सके, उतना करना, मगर लगातार करना, उसे करने में लगे रहना।

लगन लगाएँ। समस्याओं या नाकामी के बावजूद अपने मकसद, हालात या काम में दृढता के साथ और मजबूती से टिके रहें। चाहे कितनी भी विपत्ति क्यों न आए, मगर हार माने बिना दृढता से अपने मकसद को पूरा करने का निश्चय करना और उस पर डटे रहना चाहिए। लगातार प्रयत्न करनेवाले लोगों की गोद में सफलता स्वयं आकर बैठ जाती है।

लाचारी और बेबसी की अवस्था में उम्मीद पर इमारत खड़ी करना बेहद जरूरी है। जो लोग आस्थावान होते हैं, चाहे वे धार्मिक विश्वासों के कारण हों और चाहे उन्हें आस्था का अच्छा अनुभव हो, वे बुरी-से-बुरी

परिस्थितियाँ भी झेल जाते हैं। उनका रवैया कुछ इस तरह का होता है—मुझे पता है कि मैं मुसीबत में से कैसे निकलूँगा। इससे पहले भी मुसीबतें आईं और चली गईं। अतः इस बार भी किसी-न-किसी तरह मैं इससे उबर जाऊँगा। आस्था, आशा या आत्मविश्वास कुछ भी कहें, ये सभी हमें लगनशील बने रहने के बाद कार्यशील के बिना लगन किस बात की—लगें रहें, लगें रहें, लगें रहें।

भाग्य के भरोसे जो बैठा है,
वह वहीं पर रह गया!
किया प्रयास जिसने भी,
वहीं कहीं-न-कहीं पहुँच गया!!

सफर

में लगन से चलना ही पुरुषार्थ है।

□

9

विचार-शक्ति से व्यक्तित्व-निर्माण

(Thoughts for Personality development)

विचार इंसानी दिमाग में सबसे ज्यादा फायदा देनेवाला तत्त्व है और विचारों का सृजन कल्पना से ही होता है। विचार एक ऐसी चीज है, जिस पर आप पूरी तरह काबू कर सकते हैं। विचार की शक्ति सोचने की आदतों से पनपती है। विचार के तौर पर जानी जानेवाली ऊर्जा नकारात्मक इकाइयों से इस हद तक दूषित हो सकती है कि पूरे शरीर की कार्यप्रणाली गड़बड़ हो जाए और कई प्रकार की तथा अनेक छोटी-मोटी बीमारियाँ इंसान को घेर लें। विचार अपने आप बस पैदा होते जाते हैं, परंतु अपने आप में रचनात्मक (Creative) नहीं होते। अगर इन्हें कल्पना शक्ति द्वारा शक्तिशाली बनाकर किसी एक लक्ष्य की ओर प्रेरित किया जाए तो ये कार्यशीलता में बदलकर परिणाम दिखाते हैं।

विचार कभी व्यर्थ नहीं जाते। वे तत्काल सफल हों, यह जरूरी नहीं है। कोई विचार शताब्दियों के बाद आकार लेता है और कोई-कोई विचार जल्दी ही साकार हो जाता है। हम आस्था के साथ, दृढ निश्चय के साथ अच्छा विचार करें। उसकी सफलता में संदेह नहीं करें। विचार किसी चमत्कार और आशीर्वाद के मोहताज नहीं होते। विचार जहाँ एक तरफ शक्ति प्रदान

करते हैं, वहीं शक्ति का सुरक्षित रूप से संचय भी करते हैं। विचार निर्जीव (Lifeless) नहीं होते। विचारों में सक्रिय ऊर्जा (Active energy) होती है। विचार कार्यशीलता का करण होते हैं।

हम तो समझते हैं कि वैचारिकशक्ति की बराबरी करनेवाली दुनिया में दूसरी कोई शक्ति नहीं है। विचारों से ही मनुष्य प्रेरित हुआ है। जो सद्‌विचार है, वह टिकता है और असद् विचार एक क्षण के लिए तो दर्शन देता है, लेकिन दूसरे ही क्षण उसका विलय हो जाता है। मनुष्य का सारा कार्य उसके विचारों के अनुसार चलता है। संसार में जो विचार सही ज्ञात होता है, उसके अनुसार ही समस्त जीवन चलता है। विचार बदलते हैं, परंतु जीवन चलता है विचारों के ही अनुसार। किसी एक विचार का शासन स्थिर नहीं रह सकता, क्योंकि विचार के झगड़े नित्य निरंतर चलते रहते हैं। आपकी वैचारिक श्रद्धा कभी ढीली नहीं होनी चाहिए, वह सर्वथा दृढ रहनी चाहिए।

विचार सर्वत्र व्याप्त हैं। विचार हमारे भीतर हैं, बाहर हैं, प्रत्येक स्थान पर हैं। जिस घर में हम जनमे, जहाँ से हमें संस्कार मिले, वास्तव में, हमारा जन्म विचारों में ही तो हुआ। आज हम जो भी कुछ हैं, अपने विचारों के ही कारण हैं। वस्तुत: हम हैं ही क्या ? हम और कुछ भी नहीं, अपने और अपने से जुड़े लोगों के विचारों का प्रतिबिंब हैं, प्रतिफल हैं। विचार सुनना, विचार बताना और अच्छे विचार पर अमल करना, तीनों ही महत्त्वपूर्ण हैं। विचार ही हमारे व्यक्तित्व का निर्माण करते हैं।

विचारों की सभी तकनीकें इस्तेमाल करने के बावजूद बहुत से लोग संतुष्ट नहीं होते, क्योंकि उन्हें मनवांछित फल नहीं मिल रहा होता है। तब उन्हें अन्य विचार या अलग विकल्प विचार (Options) खोजने चाहिए। विकल्प खोजने का तरीका यह है कि आमतौर पर हम जिस ढंग से सोचते हैं, अब उससे थोड़ा हटकर स्वतंत्रता के साथ सोचना चाहिए। हर तरह की संभावनाओं का विचार करके सोचने का ढंग हमें बहुत से विकल्पों की तरफ ले जाता है। उन विकल्पों पर भी सोचिए, जो आपकी नजर में अव्यावहारिक अथवा हास्यास्पद हैं। अपने मस्तिष्क को पूर्ण स्वतंत्रता दीजिए और जो भी

सामने आए, उस पर विचार कीजिए और अंत में अपने विवेक का इस्तेमाल करते हुए असंभव की छँटनी कर दीजिए।

विचारों की स्पष्टता, विशेष उद्देश्य, दृढ निश्चय, निर्भीक स्वभाव, दीप्तिमान आँखें, जुबान पर लहराते शब्द और विषय पर ध्यान केंद्रित करने की शक्ति से प्रभावशाली वाणी (Oratory) का जन्म होता है। विचारों की स्वतंत्रता इसी में है कि वे स्पष्ट रूप से प्रचारित किए जाएँ, न कि वे सत्य होते हुए भी दबा दिए जाएँ। विचारों को जन्म देने के लिए तैयारी के महत्त्व को नजरअंदाज नहीं किया जा सकता। विचारों में चुंबकीय शक्ति होती है। जैसे ही आप खुद को बताते हैं कि मैं हार गया हूँ, मैं इस समस्या से नहीं जीत सकता। आप नकारात्मक विचारों को आकर्षित करते हैं और इनमें से प्रत्येक विचार आपको यह विश्वास दिलाता है कि आप सही हैं कि आप वास्तव में हार चुके हैं? इसकी बजाय यह विचार करें, इस समस्या को सुलझाने का कोई तो रास्ता होगा और तत्काल आपके मन में सकारात्मक विचार आने लगेंगे, जिससे आपको समस्या सुलझाने में मदद मिलेगी। कोई-न-कोई तरीका तो है, यह सोचना, यह विश्वास करना सचमुच महत्त्वपूर्ण है।

> **आधा सुनना, चौथाई समझना, शून्य विचार करना और दुगुनी प्रतिक्रिया करना ही सबसे बड़ी गलतियाँ हैं, संबंधों के व्यवहार में।**
> **The greatest mistake we make in our relationship: We listen half, understand quarter, think zero and react double.**

विचारों में भटकाव से याददाश्त पर नकारात्मक असर पड़ता है। किसी चीज को याद रखने के लिए केवल उस पर ध्यान देने की जरूरत होती है। जरूरत से ज्यादा ध्यान देना भी याददाश्त के लिए हानिकारक होता है। विचारों से खाली दिमाग को नई एवं उपयोगी जानकारी से भरते रहना चाहिए, तभी विचार हकीकत में साकार हो सकते हैं।

उपलब्धि का आधार

इंसान जैसा बोता है, वैसा ही काटता है। यह एक उपदेश से कहीं बढ़कर है। यह वह महान् व्यावहारिक सच है, जिसे हर सफल उपलब्धि का आधार बनाया जा सकता है। रास्ते टेढ़े-मेढ़े हों या सीधे, आप जो सोचते हैं, जैसा करते हैं, उससे कई विचार या कर्म जुड़ जाते हैं। उसका फायदा आपको आनेवाले समय में मिलता है। इस सच से मुँह नहीं मोड़ा जा सकता। यह उतना ही शाश्वत है, जितना कि यह ब्रह्मांड; उतना ही निश्चित, जितना कि गुरुत्वाकर्षण का नियम है। इससे मुँह मोड़ना खुद को मूर्ख बनाने के बराबर है या अनजान बनाने के बराबर और इनमें से किसी एक की वजह से भी आप सफलता का मौका गँवा सकते हैं। इतिहास साक्षी है कि इंसान ने कठोर परिश्रम द्वारा असंभव को भी संभव कर दिखाया है। परिश्रम इंसान के स्वास्थ्य के लिए भी अति आवश्यक है। शारीरिक और मानसिक परिश्रम के उचित तालमेल से व्यक्ति के तन और मन, दोनों स्वस्थ रह सकते हैं।

इंसान ने आत्मसंयम की कमी से जितना कष्ट भोगा है, शायद ही किसी और वजह से झेला होगा। हर व्यक्ति के जीवन में कभी-न-कभी यह बुराई आ ही जाती है। हर सफल व्यक्ति को अपनी भावनाओं में एक संतुलन स्थापित करना पड़ता है। आत्मसंयम उस व्यक्ति के लिए भी एक संतुलित पहिया है, जो अति आशावादी है और जिसके उत्साह को कम करने की जरूरत है, क्योंकि यह मुमकिन है कि कोई इतना अधिक उत्साही हो जाए कि आस-पास के लोग उससे ऊबने लग जाएँ।

इंसान बने रहना ही उचित है। आपके अनियंत्रित व्यवहार से उत्पन्न घटना को लोग बहुधा भूल जाएँगे, लेकिन यह जानना उचित है कि भावनाओं और चिढ़न को किस तरह नियंत्रण में रखा जा सकता है? यह समझने की कोशिश अवश्य करें कि आप उग्र क्यों हो जाते हैं, आपको गुस्सा क्यों आता है, ताकि आप इन हालात से निपट सकें। हँसी-मजाक का सहारा लें। इससे आपको कठिन स्थिति से निपटने और घटनाक्रम को सही दृष्टिकोण से देखने में मदद मिलेगी। इंसान मकान बदलता है, वस्त्र बदलता है, संबंध बदलता है,

दोस्त बदलता है, लेकिन फिर भी दु:खी रहता है, क्योंकि वह अपना स्वभाव नहीं बदलता।

ईमानदारी एवं निष्ठा

ईमानदारी और निष्पक्षता (Impartiality) के साथ कार्य पूर्ण करना आसान नहीं होता, वहीं तिकड़म और बेईमानी के साथ कार्य पूर्ण करना भी एक समस्या है। ईमानदारी व्यक्ति का सर्वोत्तम गुण है। आपकी ईमानदारी आपकी प्रतिष्ठा से प्रदर्शित होती है। उससे ही आप समाज में प्रशंसनीय बनते हैं। व्यक्ति को सर्वप्रथम स्वयं के प्रति ईमानदार होना चाहिए, क्योंकि कभी-कभी दूसरों को धोखा देने के चक्कर में वह स्वयं को ही धोखा देता है। ईमानदारी व्यक्ति के चरित्र को प्रदर्शित करती है। ईमानदार व्यक्ति में आत्मविश्वास झलकता है। वह जो भी कार्य करता है, उसमें सफलता का उसे पूर्ण विश्वास होता है, जबकि वह व्यक्ति जो ईमानदार नहीं होगा, चापलूस होने के साथ-साथ दब्बू किस्म का भी होता है। उसके किसी भी कार्य में आत्मविश्वास की कमी होगी। वह किसी भी कार्य को करने से पूर्व सोचेगा कि वह यह काम किसकी सहायता से कर सकता है और जब वह उस प्रकार के व्यक्ति को खोज लेगा तो उसकी चापलूसी में लग जाएगा। व्यक्ति के अंदर यह दुर्गुण उसकी असफलता की निशानी है।

ईश्वर किसी को भी बिल्कुल एक जैसा नहीं बनाते। हर व्यक्ति अलग और अनूठा होता है। उसके गुण और योग्यताएँ किसी भी दूसरे व्यक्ति से भिन्न होती हैं। आप इसलिए महत्त्वपूर्ण हैं, क्योंकि आपके जैसा कोई नहीं है। जरूरत इस बात की है कि आप अपने व्यक्तित्व और अपनी क्षमताओं को विकसित करें और पता लगाएँ कि जीवन के विशाल गोरखधंधों में आप कहाँ खड़े हैं? ईश्वर ने जो भी शक्ति और सामर्थ्य हमें प्रदान किए हैं, हमें उनका समुचित उपयोग करने की कला को विकसित करना चाहिए। स्मरण रखिए, जिसके जीवन का कोई लक्ष्य नहीं, उसकी जीवन-यात्रा एक बीहड़ जंगल में भटकाव के समान है। ईश्वर हमें सदैव जीवन में आगे बढ़ने का अवसर

प्रदान करता है, परंतु जिसमें अपनी योग्यता का विश्वास न हो, उसके हाथ से अवसर निकल जाता है। कुछ और कदम भी हैं, जो हम अपनी जूझने की क्षमता को बढ़ाने के लिए उठा सकते हैं। जब हम अपने को अनचाही व कठिन परिस्थितियों में पाते हैं, तब उनसे भाग जाने की बजाय हमें उनका डटकर मुकाबला करना चाहिए।

एक घर में एक ही परिस्थिति में दो बच्चों का लालन-पालन होता है। दोनों की उत्पत्ति भी एक ही कोख से होती है। दोनों को समान परिवेश मिलता है, लेकिन एक उन्नति कर लेता है, जबकि दूसरा फिसड्डी रह जाता है। ऐसा क्यों होता है, इसके पीछे सीधा-सा तर्क है। एक ने उन्नति के विषय में सोचा और दूसरे ने अपने मस्तिष्क में धारणा बना ली कि इन परिस्थितियों में उसके लिए सफलता प्राप्त करना या ऊँचे सपने देखना ठीक नहीं। वह फिसड्डी रह जाता है। इसके विपरीत, दूसरे ने कुछ हटकर सोचा। उसने सोचा, चाहे परिस्थितियाँ जैसी भी हों, मुझे तो आगे जाना ही है। उसे स्वयं पर विश्वास था, वह सफल हो गया। दोनों में अंतर सिर्फ सोच का था। जिसने परिस्थितियों से समझौता करना उपयुक्त समझा और अपनी इच्छा को भी सीमित दायरे में रखा, वह फिसड्डी बन गया और जिसने विपरीत परिस्थितियों को चुनौती दी, हार न मानने की ठान ली, लक्ष्य प्राप्त करने के लिए दृढ इच्छाशक्ति दिखाई, वह आगे गया।

एक चीज को लक्ष्य बनाकर उस दिशा में प्रयत्न करना होता है। नियमित रूप से लगातार परिश्रम करना पड़ता है। हमारा मन भटकाने के लिए बहुत सारी चीजें सामने आएँगी, पर उन पर ध्यान न देते हुए पूरी एकाग्रता से किया हुआ परिश्रम ही व्यक्ति को सफलता दिला सकता है। कई बार व्यक्ति परिश्रम तो करता है, पर उसका श्रम बिखरा हुआ होता है। वह कुछ दिनों के लिए एक लक्ष्य पर काम करता है। कुछ दिनों बाद पुराने लक्ष्य से उसका मोह भंग हो जाता है और वह नया लक्ष्य बनाकर उस दिशा में काम करने लग जाता है। उसके कुछ दिनों बाद इस नए लक्ष्य से भी उसका मोह भंग हो जाता है। एक और नया लक्ष्य बनाकर उस पर काम करना शुरू कर देता है। ऐसा व्यक्ति कोई भी काम पूरा नहीं कर पाता। उसका हर काम अधूरा छूट जाता है।

एक प्रेरक कहावत है, संघर्ष से सफलता। यह वाक्य हमें बड़ी शक्ति देता है, जिंदगी में आगे बढ़ने की प्रेरणा देता है। जीवन में कठिनाइयाँ तो आती ही हैं और कभी-कभी तो इतने अप्रत्याशित (Unpredictable) ढंग से कि सँभलने का भी मौका नहीं मिलता। यही तो जीवन की ठोकरें हैं, जिन्हें खाकर ही हम सँभलना सीख सकते हैं। उनसे बचने की कोशिश तो करनी है, पर ठोकर कहते ही उसे हैं, जो सावधानी के बाद भी लगती है और आखिर एक नई सीख भी दे जाती है।

सोच का परिणाम

एक बात समझ लें, परेशानियाँ और चुनौतियाँ हमेशा जीवन में रहती हैं। जो उनसे लड़ता है, वह जीतता है और सफल होता है और जो भागता है, वह भागता ही रह जाता है। जैसी सोच, वैसा ही सृजन होता है।

एक बार कुछ वैज्ञानिकों ने इंसान की सोच पर अध्ययन किया। उन्होंने एक ऑफिस में दो बोतलों में पानी भरा। एक बोतल के ऊपर 'प्रेम' लिखा और दूसरी बोतल पर 'नफरत' और उन दोनों बोतलों को ऐसे स्थान पर रख दिया, जहाँ से सभी कर्मचारियों का आना-जाना रहता था। कुछ महीनों बाद दोनों बोतलों के पानी को निकालकर जाँच की गई और देखा कि जिस बोतल पर 'प्रेम' लिखा था, उसका पानी स्वाद में मीठा था और जिस बोतल पर 'नफरत' लिखा था, उसका स्वाद कड़वा और बहुत बुरा था। यह कैसे संभव है ? जब दोनों बोतलों में एक-सा पानी था और दोनों एक ही स्थान पर रखी हुई थीं तो एक का स्वाद मीठा और एक का कड़वा कैसे ? चमत्कार जैसा। जब वैज्ञानिकों ने इसका अध्ययन किया तो पाया कि न तो यह कोई जादू था और न ही कोई रासायनिक क्रिया। यह सब इंसानी सोच का परिणाम था। यह सब कैसे मुमकिन हुआ ? जिस बोतल पर 'प्रेम' लिखा था, उस पर जब लोगों की नजर पड़ती थी तो उन्हें अच्छा लगता था और उनकी सोच और दृष्टिकोण उसके प्रति अच्छा हो जाता था और जिस बोतल पर 'नफरत' लिखा था, उसके प्रति उनकी नजर अच्छी नहीं होती थी। तो क्या इंसान की

सोच में इतना ज्यादा असर हो सकता है? यह मुमकिन है।

एक विश्वास को जगाने की आवश्यकता होती है, यह विश्वास ही हमें हमारे लक्ष्य तक ले जाता है। हमारे पास दृष्टि ही नहीं होगी तो सृष्टि के खुलते हुए द्वारों को हम नहीं देख पाएँगे। एक सोच को छोड़कर दूसरी सोच को ग्रहण करने के पूर्व बारंबार विचारने और धैर्य तथा प्रतीक्षा की आवश्यकता है, क्योंकि प्राय: देखने में आता है कि मनुष्य जब तक व्यवसाय से नितांत थककर और आपत्तिग्रस्त होकर मारे घबराहट के दूसरे काम में हाथ डालने लगता है, तब तक उसे अपने पहले कार्य में भी विजय मिल जाती है।

एक बार किसी लड़के ने एक दूसरे लड़के को एक ऐसी पुस्तक पढ़ने को दी, जो अश्लील चित्रों और अपवित्र बातों से भरी हुई थी। उस दूसरे लड़के ने उस पुस्तक को केवल कुछ क्षणों तक अपने हाथों में रखकर उस पर एक सरसरी-सी नजर डाली, फिर उसे वापस लौटा दिया। बाद के जीवन में वह दूसरा लड़का चर्च में एक ऊँचे ओहदे पर पहुँचा, बिशप या मठ का सचिव। कई वर्षों बाद उसने अपने एक मित्र को उक्त घटना के बारे में बताते हुए कहा, "अगर उस दिन उस लड़के ने मुझे वह अश्लील पुस्तक न दिखाई होती तो आज मैं इतनी उन्नति नहीं कर पाता। उस उपकार के बदले आज मैं उसे अपनी पूरी संपत्ति भी भेंट में दे सकता हूँ।"

कभी-कभी जीवन में एक के बाद एक या एक साथ ही कई मुश्किलें आ जाती हैं और हम अपने आपको उनके जंगल में राह भटके हुए की तरह भ्रमित करते रहते हैं। जब हमें जीवन के कड़वे अनुभव होते हैं या कोई ठोकर लगती है तो उस समय हो सकता है कि हम विचलित हो जाएँ। इससे उबरकर सीख भी मिलती है और जीवन में मुश्किलों का सामना करने का साहस भी आता है। फिर हम पाते हैं कि हमारी क्षमता भी बढ़ गई है और जीवन में हम और भी सफलता हासिल कर रहे हैं, तो मुश्किलों से घबराएँ नहीं, बल्कि उनका सामना करें। आप पाएँगे कि आपको उन मुश्किलों ने और भी निखार दिया है।

काल करे, सो आज कर

कल कभी नहीं आता; हमेशा कल ही बना रहता है। बहुत-से लोगों की यह आदत होती है कि किसी भी कार्य को करने के लिए हमेशा कल पर निर्भर रहते हैं कि कल कर लेंगे। मनुष्य जीवन में कभी-कभी बहुत-से ऐसे क्षण भी आते हैं, जो उसे लाभान्वित करते हैं अर्थात् वे क्षण उसे सफल बनाते हैं, लेकिन किन्हें ? केवल उन्हें, जो उस अवसर को भाँपकर उसका लाभ उठाते हैं और जो उसे कल पर छोड़ देते हैं, वे कल का ही इंतजार करते रह जाते हैं। कल के सारे काम आज कर लो और आज के अभी, क्योंकि समय का कोई भरोसा नहीं, पता नहीं कब प्रलय हो जाए। इसलिए शुभ काम को कल पर मत टालो, फौरन कर डालो। वेदों में कहा गया है कि समय तुमको बदले, इससे पूर्व तुम ही स्वयं को बदल लो। यही कर्म का मूल सिद्धांत है अन्यथा फिर तुम्हें प्रकृति या दूसरों के अनुसार ही जीवन जीना होगा।

रखी सावधानी बहुत,
फिर भी ठोकर लगती है !
जब मिलती जीवन में चुनौती,
तभी सोच बदलती है !!

सफर

में सकारात्मक विचार भोजन का कार्य करते हैं।

□

10

विद्यार्थी जीवन और चुनौतियाँ

(Student Life and Challenges)

विद्यार्थी जीवन सबसे सुंदर और सबसे ज्यादा चुनौती भरा होता है। विद्यार्थियों को हर कदम फूँक-फूँककर रखना और समय का सदुपयोग करना चाहिए। विद्यार्थी जीवन साधना और तपस्या का जीवन है। यह काल एकाग्रचित्त होकर अध्ययन और ज्ञान-चिंतन का है। यह समय सांसारिक भटकाव से स्वयं को दूर रखने का काल है। विद्यार्थियों के लिए यह जीवन अपने भावी जीवन को ठोस नींव प्रदान करने का सुनहरा अवसर है। यह व्यक्तित्व-निर्माण का समय है। यह अपने ज्ञान को सुदृढ करने का एक महत्त्वपूर्ण समय है। इस समय जिज्ञासाएँ (Curiosities) पनपने लगती हैं। यही जाने की इच्छाएँ विद्यार्थी को पाठ्य पुस्तकों से लगाव करवाकर और अधिक जानकारियाँ लेने के लिए प्रेरित करती हैं। फिर उसका सारा ज्ञान एवं व्यक्तित्व उसे आजीवन धन आदि द्वारा पोषण करता है।

विद्या की चाह रखनेवाला विद्यार्थी जब विनम्रता को धारण करता है, तब उसकी राहें आसान हो जाती हैं। विनम्र होकर श्रद्धा भाव से वह गुरु के पास जाता है तो गुरु उसे सहर्ष विद्यादान देते हैं। वे उसे नीति ज्ञान एवं सामाजिक ज्ञान देते हैं, गणित की उलझनें सुलझाते हैं और उसके अंदर विज्ञान की समझ विकसित करते हैं। उसे भाषा का ज्ञान दिया जाता है, ताकि वह अपने विचारों को सही सक प्रकट कर सके। इस तरह, विद्यार्थी जीवन सफलता और पूर्णता

को प्राप्त करता हुआ सफलता की ओर है।

विद्या, वीरता, बुद्धि, साहस, शक्ति और धैर्य हमारे ऐसे सच्चे मित्र हैं, जो हमारी मुसीबत के क्षणों में सहायता करते हैं। बुरे वक्त में ये हमारे वास्तविक हितैषी हैं। इन्हें साथ रखनेवाला व्यक्ति निश्चित ही कामयाब होगा। बहुत सी चुनौतियों से आँखें चार करके जिन लोगों ने कामयाबी पाई है, वे ही इसका सच्चा सुख भी भोग सकते हैं। चुनौतियों से जूझते-जूझते हमारे भीतर एक अकाट्य शक्ति उत्पन्न हो जाती है, जो हमें जीवन मार्ग में आनेवाली समस्त बाधाओं से उबारती है। जीवन में सफल होने के लिए कोई शाही सड़क नहीं है। किसी भी सफल व्यक्ति का जीवन-चरित्र पढ़ें, उसने अनेक कठिनाइयों को पार करके ही अपनी मंजिल पाई है।

विद्यार्थी जीवन का सबसे बड़ा अनुशासन है—समय का सदुपयोग और इसमें सबसे बड़ी बाधा है—नींद। आज के दौर में यदि सबसे बड़ी समस्या विद्यार्थियों की है तो वह नींद ही है। विद्यार्थी जीवन का सबसे अच्छा नियम या अनुशासन माना जाता है, रात को जल्दी सोकर सुबह जल्दी उठकर अध्ययन करना। विद्यार्थी के साथ दो स्थितियाँ होती हैं—एक सिद्धांत (Ideology) की और दूसरी व्यवहार (Tactfulness) की। हर विद्यार्थी सिद्धांत से चलता है और जब जीवन में व्यवहार आरंभ होता है, तब परीक्षा होती है कि उसने क्या सीखा? जीवन सदैव ही सिद्धांत से नहीं चलता। अधिकांश अवसरों पर व्यवहार से चलता है।

विद्यार्थी जीवन मानवीय गुणों को अपनाने करने का काल है। विद्या प्राप्ति के निमित्त कुछ कष्ट तो उठाने ही पड़ते हैं। आग में तपे बिना सोना शुद्ध नहीं होता। इसलिए आदर्श विद्यार्थी जीवन में सुख की चाह न रखते हुए केवल विद्या की चाह रखता है। वह धैर्य, साहस, ईमानदारी, लगनशीलता, गुरुभक्ति, स्वाभिमान जैसे गुणों को धारण करता हुआ जीवन-पथ पर बढ़ता ही चला जाता है। वह संयमित जीवन जीता है, ताकि विद्यार्जन में बाधा उत्पन्न न हो। विद्या केवल पुस्तकों में नहीं होती। ज्ञान की बातें केवल गुरुजन के मुखारविंद से नहीं निकलतीं। ज्ञान तो झरने के जल की तरह प्रवहमान रहता है। विद्यार्थी जीवन इस

> **मैं बहस में हिस्सा नहीं लेता, क्योंकि यहाँ मुद्दा 'कौन सही है' पर रहता है, बजाय कि 'क्या सही है' के!**
> **The only reason I don't want to participate in debates because it only focus on 'who is right' rather than 'what is RIGHT'.**

प्रवहमान जल को पीते रहने का काल है। खेल का मैदान हो या वार्त्ता का समय, भ्रमण का अवसर हो अथवा विद्यालय की प्रयोगशाला, ज्ञान सर्वत्र भरा होता है। विद्यार्थी जीवन इन भाँति-भाँति रूपों में बिखरे ज्ञान को समेटने का काल है। स्वास्थ्य संबंधी बातें इसी जीवन में धारण की जाती हैं। व्यायाम और खेल से तन को इसी जीवन में पुष्ट कर लिया जाता है। विद्यार्थी जीवन में पढ़ाई के अलावा कोई ऐसा हुनर सीखा जाता है, जिसका आवश्यकता पड़ने पर उपयोग किया जा सके।

विद्यार्थी जीवन से निकलकर जब आप इस दुनिया में कदम रखेंगे तो कभी-कभी तो लगेगा कि कक्षा में ही अच्छे थे। खाना-पीना, पढ़ना, खेलना और सोना—इसके अलावा कोई झंझट नहीं, कोई जिम्मेदारी नहीं, कोई तनाव नहीं। पढ़ाई के दौरान तो आपको लगता है कि कब पूरी हो और घर से निकलकर बाहर की दुनिया देखें, उसका आनंद लें, लेकिन यह दुनिया उतनी आसान नहीं है, जितनी आप समझते हैं। कई प्रकार की चुनौतियाँ और संघर्ष हैं इसमें। खूब पढ़ाई करें, खूब संघर्ष-परिश्रम करें, खूब आगे बढ़ें, नाम-दाम, शोहरत कमाएँ।

मन में है विश्वास

बिना विश्वास और आश्वासन के साहस नहीं हो सकता और आधी लड़ाई तो इसी धारणा में है कि हमने जो ठाना है, उसे कर सकते हैं। विश्वास में वह शक्ति है, जिससे उजड़ी हुई दुनिया में प्रकाश लाया जा सकता है। विश्वास पत्थर को भगवान् बना सकता है और अविश्वास भगवान् के बनाए इंसान को पत्थर दिल बना सकता है। विश्वास ही जिंदगी है और संदेह मौत। वे जीत गए, क्योंकि उन्हें विश्वास था कि वे जीतेंगे।

विद्यार्थी को व्यर्थ के छल, कपट, भ्रम में नहीं फँसना चाहिए और एकाग्रचित्त (Focussed) होकर अपने कर्तव्य पथ पर बढ़ना चाहिए। व्यक्ति का हृदय, मन बहुत चंचल होता है और तनिक में ही विद्यार्थी को पथभ्रष्ट (Distract) कर सकता है। मन को अपने वश में रखना चाहिए, जिससे वह इधर-उधर न भटके। विद्यार्थी का मन वाहन की भाँति कार्य करता है। उसे जितनी गति मिली, वह उतनी ही गति से उसी ओर खिंच जाता है, बढ़ जाता है, जिस ओर वह जाना चाहता है। अब यह व्यक्ति की विवेक बुद्धि का कार्य है कि वह कितनी गति देना चाहती है?

व्यक्तित्व विकास के प्रति निरंतर सजग रहकर विद्यार्थी सफलता व उपलब्धियों के क्षितिज पर अपने वर्चस्व (Domination) के सुनहरे हस्ताक्षर कर सकते हैं। व्यक्तित्व में श्रेष्ठता से आपका, आपके परिवार व संपर्क क्षेत्र का तो भला होगा ही, आप और बेहतर सुंदर व सभ्य समाज निर्मित करने में अपना बेशकीमती योगदान देंगे। श्रेष्ठ और सक्षम मनुष्यों से भरी-पूरी दुनिया अनेक मायनों में स्वर्ग होगी।

शक्ति और योग्यता

शक्ति का आधार संगठित प्रयास या ऊर्जा है। शरीर और दिमाग को एक समय में किसी एक काम में लगाए बिना ऊर्जा को संगठित नहीं किया जा सकता। एक सामान्य आवर्द्धक लेंस (Magnifying Lens) के इस्तेमाल से सूरज की किरणें एक बोर्ड पर केंद्रित होते ही कुछ ही मिनट में एक छिद्र बना देती हैं। वही किरणें अगर केंद्रित न हों तो बोर्ड में जरा सी गरमी तक पैदा नहीं होगी। इंसान का दिमाग भी काफी हद तक आवर्द्धक लेंस के जैसा है, क्योंकि जिस प्रकार लेंस सूरज की किरणों को एक स्थान पर केंद्रित करता है, उसी तरह दिमाग भी अपने अंदर के तत्त्वों को इकट्ठा कर किसी कार्य को एकजुटता से करने के लिए प्रेरित करता है। शक्ति का दुरुपयोग करना समस्या है और शक्ति का सदुपयोग करना समाधान है। युवाशक्ति का दुरुपयोग होना या दुरुपयोग होने की संभावना का बने रहना ही समस्या है और इस शक्ति

का सदुपयोग करना ही समस्या का समाधान है। आत्मसंयम, अनुशासन, ब्रह्मचर्य (Celibacy) का प्रशिक्षण देकर युवाशक्ति का सदुपयोग किया जा सकता है।

शक्ति व्यवस्थित ज्ञान से पैदा होती है, लेकिन यह समझ लें कि इसके प्रयोग और इस्तेमाल से यह अंदर से विकसित होती है! कोई बिना किसी शक्ति के रहते भी ज्ञान का चलता-फिरता सार-संग्रह (Store-house) बन सकता है। यह ज्ञान उस हद तक ही शक्ति बनता है, जहाँ तक इसे व्यवस्थित, वर्गीकृत और कार्य करने में लाया जाता है। कुछ बेहतरीन शिक्षित लोग उन लोगों से भी कम सामान्य ज्ञान रखते हैं, जिन्हें मूर्ख कहा जाता है, लेकिन इन दोनों के बीच अंतर यह होता है कि पहले ने जो भी ज्ञान उसके पास था, उसका इस्तेमाल किया, जबकि दूसरे ने ऐसा किया ही नहीं।

अगर शक्ति को योजनाबद्ध तरीके से अपने या अन्य के समर्थ नेतृत्व के द्वारा एक लक्ष्य पर लगा दिया जाए तो यह महाशक्तिशाली होकर सफलता दिलाती है। सभी ने देखा ही है कि कैसे पूर्ण प्रशिक्षित (Fully Trained) छोटी सी सेना भी अपनी एकजुट शक्ति की बदौलत हजारों लोगों पर भारी पड़ती है? शक्ति हासिल करते रहने के लिए समय-समय पर विश्राम की आवश्यकता है। शक्ति, ऊर्जा, स्फूर्ति आवश्यक हैं। इनके अभाव में हम अपनी जिम्मेदारियाँ एवं उत्तरदायित्व निभाने के लिए न्याय नहीं कर पाएँगे। आप जो भी हों, जहाँ भी हों, आपका कार्यक्षेत्र कुछ भी हो, आप पर चाहे असीमित जिम्मेदारियाँ, उत्तरदायित्व एवं परेशानियाँ हों, परंतु यदि आपने उचित समय प्रबंधन कर लिया तो हमारे कई कठिन काम भी सरल हो जाएँगे, रुके हुए कार्य पूर्ण हो जाएँगे, आत्मविश्वास में वृद्धि होगी, प्रशंसा, सम्मान, सराहना मिलेगी एवं संतोष सुख का अनुभव तो हमें स्वयं ही होगा। व्यस्त रहने से आपका स्वास्थ्य ठीक रहेगा, भूख लगने लगेगी, नींद अच्छी आएगी, आप प्रसन्नचित्त, तरोताजा एवं हँसमुख रहेंगे। चेहरे पर गरिमामय तेज होगा, मन में सुकून होगा। समय विभाजन कर आप कम समय में ही अधिक-से-अधिक कार्य कर पाएँगे।

संदेह और अनिश्चय

जहाँ संदेह होगा, आप वहाँ किसी निश्चय पर नहीं पहुँच सकते। जिसके मन में यह संदेह होगा कि पता नहीं मैं इस काम को कर पाऊँगा भी या नहीं, वह कभी सफलता प्राप्त नहीं कर सकता। सफलता पाने के लिए तो दृढ निश्चय की आवश्यकता होती है। जब तक आप अपने शब्दकोश से दुर्भाग्य, असंभव और अनिश्चय, संदेह आदि को निकालकर बाहर नहीं करेंगे, तब तक आपको जीवन के किसी क्षेत्र में भी सफलता नहीं मिल सकती। आपका ऐसा ही विश्वास रहा तो एक दिन आपके लिए अपने पैरों पर खड़ा होना भी असंभव हो जाएगा। आँखें खोलिए और इस सत्य को समझिए कि आपको जीवन में कुछ करना और बनना है।

किस्तम भी अपना समय आलसी लोगों पर बरबाद नहीं करती। सारा खेल पुरुषार्थ, आत्मविश्वास के साथ व्यक्तित्व निर्माण का है।

संदेह और संशय आपकी कामयाबी के मार्ग के रोड़े हैं। ये आपके मन में एक प्रकार की अनजानी चिंता को जन्म देते हैं। फलत: आपका अवचेतन मन उस कार्य विशेष को करने के प्रति जरूरी आदेश ग्रहण नहीं कर पाता। अनमने मन से जब आप किसी कार्य को करते हैं तो वह कभी भी ठीक नहीं होता। व्यावहारिक रूप से जिस व्यक्ति के सामने आपका वह कार्य प्रस्तुत होता है, वह आपकी योग्यता को उतनी ही सीमा रेखा के अंतर्गत मापकर देखता है। आपको ध्यान रखना चाहिए कि जीवन और कार्यक्षेत्र की चुनौतियों के बीच बहानेबाजी के लिए कोई गुंजाइश कभी भी नहीं होती।

संदेह पानी का बुलबुला नहीं है, जो एक क्षण में भंग हो जाता हो। संदेह तो धूमकेतु की रेखा है, जो आकाश में एक छोर से दूसरे छोर तक फैली रहती है और धूमकेतु जानते हो कि किस बात का प्रतीक है ? भय का, आशंका का, अमंगल का। संदेह आपका शत्रु है, वह आपके हृदय में भय उत्पन्न करता है, जिससे आपको जिस पर विजय प्राप्त करने का पूरा भरोसा होता है, उसी के सामने नतमस्तक होना पड़ता है।

संदेह आपकी संकट-निरोध शक्ति को क्षीण करता है। आपके आत्मविश्वास और कार्य को सफलतापूर्वक करने के लिए जिस चिंतन की आवश्यकता होती है, संदेह उसको भी कमजोर करने का कार्य करता है। जब तक मन अशांत है, तब तक वह कभी भी प्रभावशाली ढंग से नहीं सोच सकता। वह किसी भी रचनात्मक विचार या कार्य को जन्म नहीं दे सकता। संदेह स्वाभाविक रूप से हमारे मनन और चिंतन करने की प्रक्रिया को भी शिथिल बनाता है और हमारी शक्ति को भी कम करता है। क्या आप अभी भी इसे नहीं छोड़ेंगे?

सच्चाई

सच्चाई एक ऐसा गुण है, जो आपके समय को सुव्यवस्थित करता है और आप कम समय में अधिक उपयोगी और लाभदायक कार्यों को करने में सफल रहते हैं। सच्चाई का सामना करने में सक्षम होना आपकी भावनात्मक और मानसिक शक्ति का सबसे बड़ा संकेत है। अगर आप एक बाधा दूर करने जा रहे हैं, तो आपको उसका सामना करने में सक्षम होने की जरूरत है। जो आपके कारोबार में चल रहा है, उसके लिए खुद से झूठ बोलना अंत में केवल आपको चोट पहुँचाएगा। सच्चाई को ग्रहण करने के लिए आँख, कान, दिल व दिमाग को चौकन्ना रखिए और सही निर्णय पर पहुँचने के बाद ही सत्य को उजागर कीजिए।

सच्चा चरित्र मानव स्वभाव के तात्त्विक अंश आत्मा या हृदय को भी स्पर्श करता है। इसीलिए केवल एक दिखावटी शिष्टाचार सीख लेने को ही व्यक्तित्व गठन समझने की भूल नहीं करनी चाहिए। किसी मनुष्य का सच्चा चरित्र, उसे उसके दैनंदिन (Routine) जीवन में भी सर्वोच्च नैतिकता पालन करने में समर्थ बना देता है।

सच्ची मेहनत ही सफलता की कुंजी होती है। सच्ची लगन और मेहनत से किसी भी लक्ष्य की प्राप्ति की जा सकती है। लक्ष्य-प्राप्ति में देरी जरूर हो सकती है, लेकिन सफलता को कोई नहीं रोक सकता। सच्ची शिक्षा प्राप्त कर लेने से हम लोग मानो एक नया जीवन, डीहिप्नोटाइज्ड (असम्मोहक) अवस्था प्राप्त करते हैं और उस नए जीवन की दृष्टि से एक नया जीवन-बोध

प्राप्त करते हैं, हम लोगों की आँखों के सामने, यह जगत् मानो एक नई रोशनी से प्रकाशित हो उठता है।

सच्चे विद्यार्थी और ढोंगी के बीच कार्यप्रणाली एवं अंदाज का नहीं, बल्कि सिद्धांतों का अंतर होता है। सच्चा विद्यार्थी वही है, जो प्रसन्नता के साथ आपत्तियों को सहन करता है और उनके अनुभव से आगे के लिए अपने निर्धारित (Designated) मार्ग से सफलता उत्पन्न करता है। संसार के किसी भी मार्ग में मखमल नहीं बिछी हुई है। प्रत्येक मार्ग में काँटे, पत्थर, गड्ढे, अनेकानेक घात-प्रतिघात हैं। उनसे होकर पार हो जाने का ही नाम सफलता है। याद रखिए, उन्हीं की किस्मत बदलती है, जो इसे बदलना चाहते हैं।

सत्य व्यक्तित्व की महानता का शिखर होता है, न्याय द्वारा इसको प्रयोग में लाया जाता है। सत्य, अहिंसा, प्रेम, त्याग ये सब मूल्य हैं, जो पाँच हजार साल पहले भी वैसे ही थे, आज भी वैसे ही हैं और आनेवाले पाँच हजार साल बाद भी वैसे ही होंगे। चूँकि सिद्धांत बदलते रहते हैं, इसलिए जो बात आज गलत लग रही हो, 20 साल बाद वह सही लग सकती है और हो सकता है, जो आज सही लग रही है, वह 20 साल बाद गलत लगने लगे। इसलिए जीवन को नियोजित करें तो सिर्फ आज को सोचकर मत कीजिए। आज से 20 साल आगे की स्थिति को दिमाग में रखते हुए नियोजन कीजिए। समय बहुत तेजी से बदल रहा है, यदि उसका मोल-महत्त्व नहीं समझा, उसको नहीं पकड़ा तो चूक जाएँगे।

सत्यता का प्रभाव मनुष्य को औरों से अलग करता है। जिस प्रकार धर्मराज युधिष्ठिर का रथ सत्य वाणी के प्रभाव से पृथ्वी से ऊपर उठकर चलता था अर्थात् सबसे अलग था, उसी प्रकार सत्य वाणी लोगों को औरों से अलग करती है अर्थात् सफल लोगों की श्रेणी में खड़ा करती है। इसके विपरीत, असत्य वाणी लोगों को परस्पर दूर करती है अर्थात् असफलता की श्रेणी में खड़ा करती है। छोटी-छोटी बातों के लिए असत्य वाणी मुँह से निकालना केवल असफलता का चुनाव करनेवाले लोगों को ही शोभा देता है।

सत्यतापूर्वक अपनी क्षमताओं का प्रयोग नहीं करना ठीक ऐसे ही है, जैसे कि सबकुछ जानते-बूझते हुए भी हम अपने हाथ बाँधकर खड़े हो जाएँ।

सजगता (Alertness)

सजगता एक तरह की चेतनता है, जो आपके मन-मस्तिष्क को जाग्रत् रखती है। जो विद्यार्थी जगा हुआ है, उसके सभी कार्य सधे हुए होते हैं। असचेत रहने का अभिप्राय इस बात से भी है कि आप अपने कार्य को और अपने समय को व्यवस्थित करते समय कितने सचेत रहते हैं ? जब आप सचेत होकर कोई कार्य करते हैं तो उसमें गलती होने की गुंजाइश बहुत कम रह जाती है। यही नहीं, सचेत विद्यार्थी कभी भी समय की बरबादी नहीं करता। सचेत विद्यार्थी जिस तरह अपने समय का मूल्य समझता है, उसी तरह उसे दूसरे विद्यार्थी के समय की कीमत भी पता होती है। आपका जीवन इतना जाग्रत् अवस्था में हो कि आपको आपके मार्ग की समस्त बाधाएँ स्पष्ट दृष्टिगोचर हों तो निश्चित ही आप सफल होंगे।

आत्म-निरीक्षण (Self Analysis) भी करते रहना चाहिए। इस तरह से करें कि हम सजग हो अपनी क्षमता के आधार पर हम कितना प्रयत्न कर रहे हैं ? आत्म-निरीक्षण के द्वारा समय-समय पर हम अपनी उपलब्धि, आनेवाली बाधाओं के बारे में जानकर पहले ही समय रहते योजना बना सकते हैं।

विद्यार्थियों को बताए गए गुण अपनाकर सब चुनौतियों से पर जाना है।

विद्यार्थी कर आलस्य का त्याग,
जीता है जब तप का जीवन!
करता सामना हर चुनौती का,
पाता है एक समृद्ध जीवन!!

सफर

में न रुकना, चलते जाने का नाम ही उत्साह है।

□

11

आपसे ज्यादा आपका व्यक्तित्व बोले
(Let Your Personality Speak)

व्यक्तित्व-निर्माण में बड़ा समय लगता है, लेकिन बिगड़ने में बहुत कम समय लगता है। इसलिए अपने व्यक्तित्व को कुछ ऐसा बनाएँ कि उसको देखकर लोग बहुत कुछ सीख जाएँ। बहुत सारे लोग कम बोलते हैं, लेकिन उनका व्यक्तित्व बहुत अच्छा होता है तो लोग उनसे बहुत कुछ सीख जाते हैं। कुछ लोग बहुत ज्यादा बोलते हैं, लेकिन उनके व्यक्तित्व में कोई अच्छी बात नहीं होती तो उनसे कोई कुछ भी सीखता नहीं है। लोगों की तारीफ़ पर न जाना, लोगों की तालियों पर नहीं जाना। वह उनका शिष्टाचार है। असली बात परिणाम की है। परिणाम लाने हैं तो आपसे ज्यादा आपका व्यक्तित्व बोलना चाहिए।

आज का युग एक बहुत प्रतिस्पर्धी (Competetive) युग है, जहाँ केवल अद्वितीय गुण (Unique qualities) आपको लोगों के सफल समूह की शीर्ष श्रेणी में ला सकते हैं। इसलिए भीड़ के खिलाफ खड़े होने के लिए उन्हें उन विशेष कौशल को विकसित करने पर काम करना है। हालाँकि, व्यक्ति की उत्सुकता और नई चीजों को सीखने की इच्छा हमेशा आत्म-विकास मानदंडों में वरदान साबित हुई।

योजना बना लीजिए और बस लग जाइए, क्योंकि आपके पास समय बहुत ज्यादा नहीं है। आपके जैसे इस दुनिया में और बहुत सारे लोग हैं, जो

इस तरह से काम कर रहे हैं, यदि आप तेज नहीं दौड़ेंगे तो आप हार जाएँगे और अंत में सिर्फ आप किस्मत को दोष देंगे कि शायद यह सफलता मेरी किस्मत में नहीं थी। किस्मत सबकी एक समान होती है, परंतु कड़ी मेहनत उसे बदलती है। यह हमें मानना चाहिए, क्योंकि कड़ी मेहनत के आगे कोई भी काम असंभव नहीं है—यदि हमने सही समय पर सही फैसला लिया है तो। अगर आपका ध्यान आपकी मंजिल के प्रति समर्पित हो जाएगा तो आप खुद ही एक असाधारण व्यक्ति बन जाएँगे।

चुनाव करें कि सिर्फ भीड़ का हिस्सा बनना है या लोग आपके लिए ताली बजाएँ, उसका हिस्सा बनना है।
Choose, either become part of crowd clapping or become part for whom crowd is clapping.

मुश्किल लोगों से निपटने का तरीका आपको आना चाहिए। कई बार यह स्थिति हमारे सामने उत्पन्न होती है कि हम विशेष श्रेणी के लोगों से निपटने में असमर्थ रहते हैं, जो वास्तव में सख्त और असुविधाजनक हैं। इन लोगों को आसानी से साथियों, मालिकों और अन्य के रूप में पाया जा सकता है। इसलिए, किसी को हमेशा उन्हें मनाने के लिए चाल सीखनी चाहिए, ताकि किसी व्यक्ति को कार्यस्थल पर कोई समस्या न हो। व्यक्ति को अपने दोषों को सुनकर गुस्सा नहीं होना चाहिए, बल्कि उन्हें सुधारने की कोशिश करनी चाहिए। तभी वह ठीक प्रकार से चरित्रवान बन सकता है।

अपना हर काम खुद करें और हमेशा खुद पर निर्भर रहें, दूसरों पर निर्भर रहनेवाला इंसान हमेशा दूसरों के सहारे जीता है। वह कभी खुद कुछ नहीं कर सकता। ऐसे इंसान के भविष्य का भी कोई पता नहीं होता है। इसलिए हमेशा खुद पर निर्भर रहें और अपना हर काम खुद ही करें। अपनी मानसिक शक्ति को हम अच्छे विचारों से ओतप्रोत रखेंगे तो जीवनीशक्ति की भी रक्षा होगी। वही जीवनीशक्ति हमें अपने पथ पर आगे बढ़ाएगी। परेशानी का कारण केवल हमारा चिंतन होता है, विपरीत चिंतन से हमारी परेशानी और बढ़ती है, जबकि

सही चिंतन हमें परेशानियों से बचाता है। चिंतन को सार्थक दिशा दें। आप निश्चित ही समस्त प्रकार की बाधाओं का आसानी से मुकाबला कर पाएँगे।

आंतरिक व्यक्तित्व (Inner true character) ही वास्तव में व्यक्ति का वास्तविक व्यक्तित्व होता है, क्योंकि उसी की परछाईं बाह्य व्यक्तित्व में झलकती है। इसी आधार पर व्यक्ति स्वस्थ, सुंदर, सेवा, सहकारिता, आत्मविश्वास-संपन्न, परोपकारी, उच्च आदर्श से संपन्न या इसके विपरीत होता है।

आप जिस प्रकार के व्यक्ति हैं, वही आपका व्यक्तित्व है और वह आपके आचरण, संवेदनशीलता तथा विचारों से व्यक्त होता है। किसी व्यक्ति का पूरा स्वभाव तथा चरित्र ही व्यक्तित्व कहलाता है। यही व्यक्तित्व उसका दर्पण है। व्यक्तित्व विभिन्न परिस्थितियों में हमारे आचरण को, हमारे गुणों को, चिंतन-मनन को, ज्ञान को, रहन-सहन को, आत्मविश्वास को दर्शाता है। हम सभी का जीवन हम चाहें या न चाहें, कई प्रकार की परिस्थिति से गुजरता है। पहले बचपन, फिर किशोरावस्था, उसके बाद कई सपनों को जीवन में जीते हुए हम अपने जीवन का सफर तय करते हैं। हमारी जिंदगी में इस दौरान कई अनुकूल-प्रतिकूल अवसर आते हैं। इस दौर में आपका लक्ष्य एक ही होना चाहिए और आपको अपना लक्ष्य बार-बार बदलते नहीं रहना चाहिए। अपना कोई भी एक लक्ष्य आपको एक ही बार में सही से सोच-समझकर तय कर लेना चाहिए और उस लक्ष्य को पूरा करने के लिए आपको लगन से मेहनत करनी चाहिए। मुझे यह भी करना है, मुझे वह भी करना है या मैं यह कर लेता या मुझे यह करना चाहिए था, इन बातों से आपको दूर रहना होगा और आपका लक्ष्य चाहे जो भी हो, आपके लिए आपका लक्ष्य सबसे महत्त्वपूर्ण होना चाहिए।

आपकी सोच मजबूत होनी चाहिए। एक समझदार इंसान वह है, जो अपने गुजरे वक्त की गलतियों से सीखता तो है, लेकिन अतीत के दर्द को खुद पर हावी नहीं होने देता। इसके लिए स्वयं को व्यस्त रखें और मानसिक तौर पर खुद को उस वक्त अकेला न छोड़ें और अपने सोचने का दृष्टिकोण यह बनाएँ कि जो हुआ बेहतर हुआ और वह गुजर चुका है। आपकी यह सोच

न सिर्फ सकारात्मकता को जन्म देती है, बल्कि आपको वर्तमान के निर्णय लेने के काबिल बनाती है। इसके अलावा, डायरी मेंटेन करने की आदत भी आपके दिल के नकारात्मक विचारों के बोझ को कम कर देती है और मन हल्का महसूस होता है।

आपके अंदर का चिंतन आपको यह बताने के लिए काफी है कि आप कब गलत हैं और कब सही हैं? जो लोग चिंतन-मनन को अपने जीवन का हिस्सा बनाते हैं, वे हर कदम सोच-समझकर उठाते हैं। आप दूसरों से राय लेने की बजाय अपने मन की सुनें और खुद फैसला करें कि आप क्या गलत और क्या सही कर रहे हैं? इसलिए अपनी कमियों का आकलन (Analysis) तो करें ही, साथ ही अपने अंदर एक ऐसे शिक्षक को भी जन्म दें, जो आपकी क्षमताओं को भी सराहे और आपको सही मार्गदर्शन भी दे।

शिक्षा को केवल प्राप्त कर लेना ही मानव जीवन का लक्ष्य नहीं है। शिक्षा तथा शिष्टता के सदाचारी गुणों को दैनिक क्रियाओं में निरंतर अपनाना भी आवश्यक है। केवल यह जान लेना कि ईमानदारी और सत्य का पालन करना चाहिए पर्याप्त नहीं, जब तक ईमानदारी और सत्य को मन, वचन तथा कर्म से जीवन के हर प्रत्यक्ष और अप्रत्यक्ष रूप में (in all and all activities) अपनाया और दर्शाया न जाए। यम, नियम तथा 'गीता' के योग, इन्हीं को व्यक्तित्व विकास की सीढ़ियाँ मानते हैं।

सफल व्यक्तित्व-निर्माण के लिए जीवन को तनावरहित भी बनाना आवश्यक है। आपके जीवन से तनाव को दूर करने का बहुत आम और आसान तरीका ध्यान करना है। ध्यान आपके शरीर के तंत्रिका तंत्र (Nervous System) को शांत करेगा और इस प्रकार आंतरिक शांति देगा। यह आंतरिक शांति मस्तिष्क पर आगे काम करती है और मस्तिष्क में रक्त प्रवाह को ज्यादा करने में मदद करती है, तनाव को दूर करती है। ध्यान का कार्य एक तीर से दो शिकार करने के समान है। सबसे पहले यह तनाव समाप्त करता है और दूसरा, यह एकाग्रता को बढ़ाने में मदद करता है, जो आत्मविकास के लिए बहुत महत्त्वपूर्ण है।

अब्राहम लिंकन की सफलता का राज क्या था ? वह था—अपने कर्तव्यों और सिद्धांतों से कभी समझौता न करना। इसके लिए उनको अपनी पत्नी से भी हाथ धोना पड़ा। खुद कई बार बीमार पड़े और जीवन के प्रारंभिक दिनों से ही 27 बार विभिन्न चुनावों में पराजय का मुँह देखना पड़ा, लेकिन उन्होंने कभी हार नहीं मानी। अंततः एक दिन वे अमेरिका के राष्ट्रपति बने और उनका नाम इतिहास में स्वर्णाक्षरों में लिखा गया।

सफल व्यक्तित्व-निर्माण के लिए आवेश (Impulsion) को संतुलित रखना जरूरी है। यदि आवेश पर नियंत्रण न किया जाए तो वह विकार (Disorder) बनकर सबसे बड़ा शत्रु बन जाता है और हमें विनाश की ओर धकेल देता है। अपने आवेशों को नियंत्रित करना तथा विपक्ष के नकारात्मक आवेशों को अपनी इच्छानुसार सकारात्मक बनाना ही किसी व्यक्ति की क्षमता और सफलता का प्रत्यक्ष प्रमाण होता है। इसी को दक्षता (Efficiency) और कार्य-निपुणता (Competence) कहते हैं।

जब जीवन में सबकुछ खो जाए तो याद रखना कि अभी भी 'आप' बचे हुए हैं। अगर सबकुछ 'आपके' द्वारा आया था तो उसे फिर से पाया जा सकता है।

वैसे तो इस संसार में हर कोई कामयाब होना चाहता है। हर कोई बहुत ऊँचे-ऊँचे सपने देखता है। हर कोई अपनी मंजिल तक पहुँचना चाहता है। हर कोई यहाँ एक बहुत ही अच्छा इंसान बनना चाहता है। हर कोई यहाँ एकदम अलग दिखना चाहता है, मगर अपने इस जुनून को हर कोई हकीकत में नहीं बदल पाता, क्योंकि उन्हें खुद पता नहीं होता कि कौन सी छोटी-छोटी बातें उन्हें बड़ा बना सकती हैं ? भाग्य की भूमिका केवल इतनी ही होती है कि वह हमें अवसर प्रदान करता है, उन अवसरों को हम अपनी बुद्धिमत्ता से कैसे अपने पक्ष में मोड़ते हैं, यह हम पर निर्भर करता है। निरंतर पुरुषार्थ करते रहने से निश्चित ही बदलाव आने लगता है। इसीलिए जरूरी है कि हम सबसे पहले एक अच्छे इंसान बनें, क्योंकि सफलता भी उन्हीं के कदम चूमती है, जो सभ्य लोग होते हैं, जिनकी सोच अच्छी होती है।

क्या एक सफल उद्यमी (Entrpreneur) पैदा होता है? इस सवाल के जवाब में यह कहा जा सकता है कि एक सफल उद्यमी में कुछ प्रतिशत जन्मजात प्रतिभा होती है और बाकी वह सीख सकता है। यह भी कहा जा सकता है कि उद्यमी एक घोड़े की तरह होता है, जो नवीन विचारों की गाड़ी को खींचता है। इसका मतलब एक सफल उद्यमी होने के लिए व्यक्ति में एक साथ कई गुण जरूरी होते हैं, जिनमें से कुछ उसे प्राकृतिक तौर पर मिलते हैं और अन्य को वह काम और अनुभव के साथ-साथ चमका सकता है।

जीवन में वास्तविक सफलता का स्वाद लेने के लिए प्रतिस्पर्धा (Competetion) करना बहुत जरूरी है और जब हम एक मजबूत और स्वतंत्र विरोधी का सामना करते हैं तो प्रतिस्पर्धा की भावना उत्पन्न होती है। इसका परिणाम बहुत स्वस्थ तुलना में होगा और यह भी एक व्यक्ति को अपना सर्वश्रेष्ठ प्रदर्शन करने के लिए आगे बढ़ाएगा, सभी छिपी क्षमताओं को बाहर लाएगा। व्यक्ति को उसके व्यक्तित्व को विकसित करने में मदद करेगा।

एक दोस्त हमारे बुरे गुणों और बुरे व्यवहार को छिपाने में सक्षम हो सकता है, लेकिन एक विरोधी दर्पण के बराबर है, जो आपके बारे में कभी झूठ नहीं बोलता। एक विरोधी केवल आपके व्यक्तित्व के बारे में अनजान तथ्यों के साथ आश्चर्यजनक, वास्तविक छवि का समर्थन करता है। यह आत्म-विकास के तरीके में से एक को भी जिम्मेदार ठहराता है, जो आपको नई चीजें देने पर काम करने के लिए आवश्यक चीजों के साथ स्वीकार करेगा।

मानव शरीर के लिए इच्छा बहुत जरूरी है, क्योंकि यह हमारे शरीर में सभी कार्यों को बनाए रखती है। इसलिए हमें हमेशा नई चीजों को सीखने के लिए तत्पर होना चाहिए। यह चित्रकला, मिट्टी के बरतन, पढ़ने-लिखने और सुनने-समझने—सभी से हो सकता है, जो हमें अपने व्यक्तित्व के शारीरिक, भावनात्मक और मानसिक पहलुओं को विस्तारित (Expansion) करने में मदद करेगा। इतना ही नहीं, यह उन चीजों पर काम करने में भी आपकी मदद करेगा, जो आपकी आंतरिक खुशी और तनावमुक्त जीवन को बढ़ाएँगे।

एक बहुत जरूरी बात—अगर आपको अपने जीवन में किसी भी क्षेत्र में सफलता चाहिए तो आपको जानकारी-विस्तार पर ध्यान देना होगा। उसके परिणामों पर ध्यान देने की आपको आवश्यकता नहीं है, क्योंकि अगर आप परिणाम के बारे में सोचेंगे तो आपका समय उसी काम में ज्यादा चला जाएगा। कोशिश करें कि जिस काम को भी आप करना चाहते हैं या जो भी आपका जुनून है, उसके बारे में ज्यादा-से-ज्यादा जानकारी आप कैसे प्राप्त कर सकते हैं या कहीं से पढ़ करके सीख सकते हैं। ऐसा करना शुरू कीजिए, फिर देखिए आपको परिणाम अच्छे ही अच्छे मिलेंगे।

एक बार मंजिल तय हो जाने के बाद आप जी-जान से सफलता प्राप्ति हेतु जुट जाएँ। इसमें कोताही बरतना आपके लिए उचित नहीं कहा जाएगा। अपने इरादों पर दृढ रहें व डिगें नहीं। कई बार इसमें असफलता के अवसर भी आ सकते हैं, किंतु आप अपने दृढ संकल्प से उस पर पार पा लेंगे। आप ऐसा ही विश्वास बनाए रखें।

व्यक्ति जब तप करता है,
व्यक्तित्व तभी चमकता है!
नहीं रोक सकता उसको कोई,
सफलता का ताला खुलता है!!

सफर
में थकान से बोझिल न होने दें। पहले ही उपयुक्त विश्राम ले लें।

□

12

सफल उद्यमी बनें

(Making of Enterpeneur)

कहा जाता है कि उद्यमी पैदा होते हैं, बनाए नहीं जाते। वे ग्राहकों को तैयार करते हैं और रोजगार एवं आर्थिक विकास को आगे ले जाने में ग्राहक बड़ी भूमिका निभाते हैं। एक उद्यमी की राष्ट्रीय और वैश्विक (International and global) स्तर पर अर्थव्यवस्था को आगे ले जाने की दिशा में बहुत बड़ी भूमिका होती है। दरअसल, विकास के एक पलड़े पर अगर रचनात्मकता, विचार, खोज और नवीनीकरण दिखते हैं तो इसके दूसरे पलड़े पर आर्थिक और व्यापारिक पक्ष नजर आता है। इन दोनों पलड़ों को अपनी अनोखी सोच से साधनेवाला व्यक्ति ही एक सफल उद्यमी कहलाता है।

एक सफल उद्यमी अपने कार्यस्थल और बाहर, दोनों जगह सकारात्मक संबंध साधता है। उसके अंदर खुले व्यवहार, सामाजिकता निभानेवाले गुण और कार्य के प्रति ईमानदारी का भाव दिखना चाहिए। इस दिशा में समयबद्धता सबसे बड़ी चुनौती होती है। खुद समय-सीमा की इज्जत करके ही वह अपने अधीनस्थों के सामने उदाहरण रख सकता है। बाहरी संबंध साधने के लिए उसका नेटवर्क वृहद् होना चाहिए। साथ ही, इस दिशा में उसे अतिरिक्त प्रयास करने पड़ सकते हैं। ऐसे ही अगर आप अपने लक्ष्य और मंजिल के प्रति समर्पित हैं तो आपकी असफलता और विफलता के मायने अलग हो जाएँगे, फिर आप विफलताओं और अपनी गलतियों से सबक लेना शुरू करने लगेंगे और एक नए दृष्टिकोण

के साथ आगे बढ़ेंगे। अगर एक बार आपकी सोच सुनियोजित हो गई तो आपकी ऊर्जा की दिशा भी वही होगी और आपके शरीर में एक लय आ जाएगी। अर्थात् आपको आदत-सी हो जाएगी और जब ये सभी चीजें आपस में मिल जाएँगी तो लक्ष्य हासिल करने के लिए आपकी क्षमता बढ़ जाएगी।

कई बार स्पर्धात्मक (Competetive) माहौल में काम करते हुए व्यक्ति को अपनी क्षमताओं, कार्यकुशलता, व्यवहार और मानसिक क्षमता का पता चलता है और इसे विकसित करते रहने की मजबूरियाँ भी रहती हैं। अकसर कुछ लोग स्पर्धा के बीच जब खुद को कमजोर पाते हैं तो सहयोगियों और संस्थानों की बुराई करने लगते हैं और नकारात्मक छवि का निर्माण करने लगते हैं। यही वह कठिन क्षण है, जब सकारात्मक छवि बनाए रखना जरूरी हो जाता है। इन्हीं मौकों पर व्यक्ति के चरित्र और व्यक्तित्व की परीक्षा होती है।

केवल वही व्यक्ति चिंतित रहता है, जो या तो भविष्य में रहता हो या भूत में रहता हो, पर वर्तमान में नहीं करता हो।

उद्यम में मुस्कुराहट की ताकत बारूद के कई गोलों से भी बड़ी होती है। आपका एक छोटा सा प्यार हजारों लोगों की खुशियों को वापस लौटा सकता है। इसलिए सदैव दूसरों से वैसा ही व्यवहार करें, जैसा आप दूसरों से चाहते हों। ऐसा करते रहने से आप देखेंगे कि आपके चाहनेवालों की संख्या बढ़ती चली जाएगी और साथ ही आपके व्यक्तित्व के भीतर दूसरों की गलतियों को नजरअंदाज करने की शक्ति बढ़ती चली जाएगी तथा आपकी सामाजिक समृद्धि (Prosperity) बढ़ती चली जाएगी।

उद्यम के क्षेत्र में खतरे उठाने की क्षमता उसी व्यक्ति में होती है, जो सकारात्मक सोच रखता है। सकारात्मकता ही ऐसे व्यक्ति को तार्किक जमीन पर सोचने को प्रेरित करती है। ऐसे उद्यमियों के व्यक्तित्व में एक खास तरह का आकर्षण होता है, जो सबको उनकी ओर खींचता है। ऐसे व्यक्तियों में आत्मविश्वास भी भरपूर होता है, जो उनमें जीत की इच्छा को सदा जिंदा रखता है। वे उलझावपूर्ण परिस्थितियों से भी अपेक्षाकृत जल्दी पार पा लेते हैं। यह जरूर

है कि उनको अति आत्मविश्वास से बचना चाहिए। फैसले लेने में किसी किस्म की जल्दबाजी या गलती से बचना भी बहुत जरूरी है।

किसी भी कार्य में सफलता प्राप्ति से जुड़ा एक बुनियादी नियम यह है कि आपको उस काम में आनंद आना चाहिए। व्यवसाय में भी यह तथ्य कुछ अलग नहीं। यदि आपको अपने काम में आनंद नहीं आ रहा तो इसका असर लाभ पर भी पड़ेगा। कार्य से जुड़ी निजी संतुष्टि, वित्तीय लाभ (Financial Gains), स्थायित्व (Stability) और मनोरंजक पक्ष तभी मजबूत होते हैं, जब आप उसमें आनंद लें। यदि आपको अपने काम में मजा नहीं आ रहा तो बहुत संभव है कि आप उसमें सफल न हों।

किसी भी चीज को देखने का दृष्टिकोण बदलें। जो लोग सकारात्मक होते हैं, वे हमेशा दूसरों में अच्छाई ही तलाश करते हैं और जो लोग नकारात्मक होते हैं, वे हमेशा दूसरों में सिर्फ बुराई ही तलाश करते हैं। यदि आप बहुत सकारात्मक हैं तो दूसरों में बुराई देखना छोड़ दें।

किसी भी उद्यमी, खासकर नए उद्यमी के लिए आत्मविश्वास सबसे जरूरी होता है। इसमें भी अपनी क्षमताओं की जानकारी सबसे पहले होनी चाहिए। इसके बाद सफलता प्राप्ति के लिए प्रयास और उससे जुड़ी सक्रियता मायने रखती है। याद रखना चाहिए कि अति आत्मविश्वास और जल्दबाजी नुकसान पहुँचा सकते हैं। अपनी क्षमता से बढ़कर प्रतिबद्धता (Commitment) दिखाने के भी विपरीत परिणाम सामने आते हैं। इसलिए एक सधी सोच के साथ भविष्य के लिए योजना बनाना, किसी भी किस्म की आकस्मिकता (Abruptness) को ध्यान में रखना, अलग-अलग माध्यमों से फीडबैक लेना और सफलता प्राप्ति के लिए अंधी दौड़ से बचना जरूरी होता है।

जीवन में सफलता पाने का एक सिद्धांत है कि या तो आप परिस्थितियों को अपने अनुकूल बना लें या परिस्थितियों के अनुकूल स्वयं बन जाएँ। सभी परिस्थितियों में एक जैसा रहकर विचलित न होना सफलता पाने की पहली शर्त है। न जाने हमारे जीवन में कब, कौन सी समस्या किस रूप में आ जाए? इसके लिए हमें हमेशा चौकन्ना और प्रहरी की तरह सजग रहना पड़ता है। प्रबंधन

(Management) का एक सूत्र है—यदि आप समाधान का अंग नहीं हैं, तो फिर आप खुद एक समस्या हैं। ऐसा न हो कि आज सफल हुए और लापरवाही के कारण या किसी अन्य वजह से भविष्य में सफलता आपके जीवन से फिसल जाए।

जिस तरह ताश के खेल में जो अपने पत्तों को छुपाना जानता है, उसी को एक अच्छा खिलाड़ी समझा जाता है, लेकिन जिंदगी के मामले में यह विपरीत है। छुपाना व्यक्तित्व का एक दोष है। इसके ठीक विपरीत, खुलापन एवं उदारता सफलता का प्रतीक है। यह व्यक्ति के व्यक्तित्व की पारदर्शिता (Transparency) है।

ईमानदार बने रहना किसी बाहरी परिस्थिति पर निर्भर नहीं, बल्कि भीतरी स्पष्टता पर निर्भर है।

वास्तव में एक मनुष्य का जीवन और व्यक्तित्व ऐसा होना चाहिए, जैसे किसी पुस्तकालय की मेज पर पड़ी हुई एक खुली किताब या समाचार-पत्र, जो कोई भी चाहे, जब भी पढ़ ले। दुरूहता (duality) एवं छिपाव से व्यक्ति के अंदर की सहजता समाप्त हो जाती है। अकसर यह देखने में आता है कि खुले दिलोदिमाग के लोग अपनी उन्नति में अपने से जुड़े लोगों को भी समान रूप से सम्मिलित करते हैं। जीवन में खुलापन बनाए रखने से व्यक्ति में सत्य और साहस का निर्माण होता है।

उद्यम में कृतज्ञता (Gratitude) संभावना के दरवाजे की चाबी कहलाती है। इसका मतलब सिर्फ लोगों को धन्यवाद कहने से नहीं है। अलग-अलग परिस्थितियों में आपको अलग-अलग तरीके से धन्यवाद कहना चाहिए, क्योंकि जब दुनिया देखती है कि आपके पास जो कुछ भी है आप उनके कृतज्ञ हो, तो वे आपको और ज्यादा खुशी देने की कोशिश करते हैं। यदि कोई आपकी सहायता करता है, तो हमेशा उसे धन्यवाद करते रहें। यदि किसी ने आपके लिए कुछ अच्छा किया हो तो अपनी खुशी को उस इंसान के साथ बाँटें और उसे धन्यवाद पत्र भेजें।

रोज अपना काम करते समय समय-समय पर लोगों का शुक्रिया अदा

करते रहें। कभी–कभी परिस्थितियों पर तो आपका नियंत्रण नहीं होता, लेकिन आप अपने आप पर नियंत्रण जरूर रख सकते हैं। हमेशा लोगों का शुक्रिया अदा करने का मौका ढूँढ़ते रहें। सुबह उठते ही पहला विचार आपके मन में कृतज्ञता का ही आना चाहिए और इसके साथ ही रात को सोने से पहले अंतिम विचार भी आपके मन में कृतज्ञता का ही आना चाहिए। केवल नैतिक शिक्षा तथा धार्मिक उपदेशों को सुनने से कुछ नहीं होता, बल्कि उसका ठीक प्रकार से पालन करने से ही मनुष्य की नैतिकता तथा चरित्रता बनी रहती है। इन सभी भावनाओं द्वारा ही मनुष्य ठीक प्रकार से जीवन जी सकता है तथा जीवन के मूल्यों को समझ पाता है।

उद्यमी नहीं करता विश्राम,
वह तो बढ़ता जाता है!
नहीं रुकता विकास तब,
देश भी सवंरता जाता है!!

सफर

में सार्थियों का भी ध्यान रखते हुए चलें। सबके साथ में विकास है।

□

13

भविष्य की शक्ति आप में निहित
(Future is in your Hands)

जिंदगी में दृष्टिकोण बहुत महत्त्वपूर्ण होता है। जब हमारा दृष्टिकोण अच्छा होता है तो हम अपने साथ-साथ सभी का अच्छा ही सोचते हैं और हमारे इस व्यवहार का असर दूसरों पर भी पड़ता है, जो समाज में एक नया बदलाव ला सकता है। हमारा दृष्टिकोण ऐसा होना चाहिए कि हमें हमारी हर समस्या छोटी लगने लगे और हमें हमारी मंजिल करीब दिखाई दे।

जल्दबाजी या हड़बड़ी में कार्य बिगड़ जाते हैं। हर कार्य में एक प्रोसेसिंग टाइम तो लगता ही है। अगर डायमंड बनना है तो सोच बड़ी रखकर उतना समय तो देना ही चाहिए, जितना लगता है। हाँ, यह सही होगा कि हममें सफल होने के लिए ललक होनी चाहिए। समय बरबाद भी नहीं करना चाहिए। इसलिए अपने हिस्से का कार्य लगातार करते रहना है और परिणाम उचित नहीं आने पर बिना दुःखी हुए खुद की कार्यशैली में सुधार भी करना चाहिए।

जीवन-संघर्ष में जीत

जीवन एक संघर्ष है, यह हम सभी जानते हैं तो हमें अपने संघर्ष को लेकर इतना दुःखी नहीं होना चाहिए। जीवन अनमोल है तो दुःखी होने से क्या फायदा? अच्छा होगा कि आप जीवन की इस भाग-दौड़ में खुद भी

खुश रहें और दूसरों को भी खुश रखें। जीवन का एक-एक पल हमारे लिए बहुत अनमोल है। जीवन में आपको ऐसे हजारों लोग मिले होंगे, जिनको आलोचना के सिवा दूसरी कोई बात सूझती ही नहीं। हमेशा किसी-न-किसी बात को लेकर दु:खी ही रहते हैं। ऐसे व्यक्तियों के साथ रहने और ऐसा व्यवहार करने से आपके भीतर न सिर्फ नकारात्मक बातों का संचार होता है, अपितु आपकी सारी सकारात्मक ऊर्जा इन्हीं बातों में खत्म हो जाती है और आप कुछ नया कर ही नहीं पाते। इसलिए कहते हैं, जीवन में सदैव खुश रहना चाहिए, जिससे आपको नए-नए काम करने में हमेशा रुचि बनी रहे।

बुढ़ापा उसी दिन से शुरू हो जाता है, जिस दिन से हम मुसकराना, आगे बढ़ना, सीखना और खुश रहना बंद कर दें।

जीवन में मूल्यों का अवमूल्यन (Devaluation) हमें पतन की ओर बढ़ाता है व उन्हें धारण किए रहने से हमारे जीवन में उत्कृष्ट (Excellent) सोच का निर्माण होने लगता है। हम अपने स्वयं व औरों की प्रेरणा का स्रोत बन जाते हैं। निकृष्ट (Inferior) विचारधारा से अपने आपको दूर रखें, सभी से संवाद बनाए रखें, अपने मूल्यों पर दृढतापूर्वक डटे रहने से हमें शक्ति प्राप्त होने लगती है और वह अच्छी ऊर्जाशक्ति हमें स्वमेव राह बताने लगती है।

जीवन में व्यावसायिक कामयाबी के साथ-साथ पारिवारिक कामयाबी भी आवश्यक है। यदि आप व्यावसायिक रूप से संपन्न हैं, परंतु आपका पारिवारिक जीवन अच्छा नहीं है, तो उसे अधूरी सफलता ही कहेंगे। जीवन सीखने की एक प्रक्रिया है। जीवन में सदा कुछ नया सीखने को जागरूक रहें। यह जरूरी है। अपने शौक पूरे करते हुए आप हर पल कुछ नया सीख सकते हैं। इससे नई चीजों के बारे में जानकारी ही नहीं मिलती, अपितु विभिन्न क्षेत्रों में हमारे ज्ञान की बढ़ोतरी भी होती है। यह व्यक्तित्व को सकारात्मक रूप प्रदान करने में सहायक सिद्ध होता है। अत: सदैव कुछ नया सीखने को जागरूक रहें।

अनुकरणीय बनें (Be exemplary)

जो भी काम आप लोगों से करवाना चाहते हैं, वह खुद ज्यादा करें। यदि आप अपने बच्चों या अपने सहयोगियों को मेहनती बनाना चाहते हैं तो आप स्वयं मेहनती बनें। इतनी मेहनत करें कि आपका मेहनती होना साफ-साफ दिखाई पड़ता हो। आपके बच्चों में या पूरी आपकी पूरी टीम में वही माहौल बनेगा और स्वत: ही सब यह सीख जाएँगे। शायद उन्हें पता भी नहीं चलेगा कि हमने ऐसा कुछ सीखा है। जब माहौल वैसा होता है तो उस माहौल में रहनेवाले सभी स्वाभाविक रूप से वैसे ही बन जाते हैं।

जो व्यक्ति ठीक समय में सही निर्णय लेकर काम करते हैं तथा समय का ठीक से उपयोग करते हैं, वे ही मनचाही सफलता को प्राप्त कर पाते हैं। अत: सभी व्यक्तियों को समय के अनुसार ही कार्य करने चाहिए। जीवन को ठीक प्रकार से जीने के लिए सत्य का ही सहारा लेना चाहिए। कभी भी झूठ नहीं बोलना चाहिए। जो हमेशा दूसरों का अच्छा सोचते हैं, वे ही अपनी मंजिल को हासिल भी कर पाते हैं। झूठ और छल-कपट से कुछ भी हासिल नहीं होता, बल्कि हमारे पास जो होता है, वह भी चला जाता है।

डेनियल रिचर्ड के अनुसार, मानवीय जीवन में श्रम व ज्ञान से ज्यादा प्रभाव नजरिए का होता है। यदि आपका दृष्टिकोण सकारात्मक है तो आप न केवल अपने लिए, बल्कि औरों के लिए भी सफलता की राह आसान कर सकते हैं, क्योंकि सकारात्मक सोच सफलता की वह कुंजी है, जिस पर जीवन की सही इमारत खड़ी होती है।

दुनिया में बहुत से ऐसे लोग हैं, जिन्हें मदद की जरूरत है या जो दु:खी हैं। उनको अनेक समस्याएँ परेशान कर रही हैं। अगर इस तरह के लोग आपको मिलते हैं तो आपको जितना हो सके, उनसे बिना कुछ लिये उनकी मदद करनी चाहिए। ऐसा करने से आपका मन प्रसन्न होगा और आप एक आत्मनिर्भर इंसान बनेंगे। दूसरों की मदद करने से हमें एक अनमोल खुशी मिलती है और हम खुद की नजर में एक अच्छे इंसान बन जाते हैं। दूसरों का दर्द बाँटने से हमें जो खुशी की प्राप्ति होती है कि हम लोगों को खुशी देकर

खुद के गम भूल जाते हैं और ऐसा लगता है जैसे हमने आज एक बहुत अच्छा और बड़ा काम किया है। हमारी यही आदत समाज में हमारी एक अच्छी पहचान बनाने के साथ-साथ हमें एक अच्छा और कामयाब इंसान बनाती है।

प्रेम और दया प्राकृतिक हैं, लेकिन हममें से हरेक के पास उपलब्ध ये बेहतरीन गुण हैं। आपको हर किसी को प्रेम बाँटते रहना चाहिए। प्रेम भगवान् ने ही बनाया है। आपका प्रेम लोगों के रंग, रूप, जात, लिंग, धर्म, नागरिकता और दूसरी बातों को देखकर नहीं होना चाहिए, सभी के लिए एक जैसा होना चाहिए। इस राष्ट्र को ही नहीं, बल्कि पूरे ब्रह्मांड को प्रेम करने की कोशिश करें। अपने आपको करुणामय बनाने की कोशिश करें, क्योंकि आपका प्रेम और आपकी करुणा ही आपके व्यक्तित्व को निखारने में सहायक साबित होंगे।

आपके भविष्य का निर्माण,
हो रहा आज वर्तमान में!
जो करते है वर्तमान का अपमान
तो कैसे पाएँगे भविष्य में सम्मान!!

सफर

में सही योजना के साथ बढ़ें। जरूरत पड़ने पर अपनी सोच, तरीके या गति में परिवर्तन लाएँ।

□

14

मिट्टी भी आप : कुम्हार भी आप
(Work upon yourself)

प्रतिभा या योग्यता व्यक्ति को समाज में पहचान व स्थान दे सकती है, लेकिन उसको टिकाऊ व स्थायी व्यक्तित्व-निर्माण बनाता है। हर कसौटी पर खरा उतरने की सामर्थ्य व्यक्तित्व देता है। व्यक्तित्व के अनुरूप ही व्यक्ति के कुछ उसूल, मानदंड, जीवन-मूल्य तय होते हैं, जिनका पालन व्यक्ति हर परिस्थिति में करता है। ये आचरण-व्यवहार की स्वनिर्धारित लक्ष्मण-रेखाएँ हैं, जिनका वह हर हालत में पालन करता है, जिनका उल्लंघन वह होशोहवास में नहीं कर सकता। यदि परिस्थितिवश भूल-चूक हो भी गई तो इनका प्रायश्चित्त-परिमार्जन किए बिन चैन से नहीं बैठ सकता। यह संवेदनशीलता, यह ईमानदारी ही व्यक्तित्व-निर्माण का आधार है, जो व्यक्ति को विशिष्ट पहचान देती है। यह व्यक्तित्व को वह विश्वसनीयता, प्रामाणिकता देती है, जो काल के कपाल पर अपने व्यक्तित्व की अमिट छाप छोड़ती है।

प्रत्येक मनुष्य का व्यक्तित्व अनोखा, स्वतंत्र और अनन्य होता है। किन्हीं भी दो मनुष्यों का चेहरा अलग, माप-वजन अलग, हाव-भाव अलग और विशेषकर विचार अलग, भावना अलग एवं आत्मा की अभिलाषा भी अलग होती है। प्रत्येक व्यक्ति किसी-न-किसी एक अथवा अनेक आवेशों अथवा विकारों के अधीन रहता है। यही आवेश कई बार व्यक्ति के

व्यक्तित्व की पहचान भी बन जाते हैं। कुछ लोग स्वभाव से अहंकारी होते हैं। कुछ उग्र स्वभाव के, कुछ कामुक तथा अप्राकृतिक आदतों के शिकार भी होते हैं। लोभ या मोहवश कुछ लोग सामाजिक तथा नैतिक मर्यादाओं को लाँघकर अपने स्वजन और मित्रों या किसी एक ही व्यक्ति का हित करने में लगे रहते हैं। कई लालच और लोभ में इतने ग्रस्त होते हैं कि उनके जीवन में अन्य कर्तव्यों का कोई महत्त्व नहीं रहता। आवेशों तथा विकारों में फर्क की लकीर अति सूक्ष्म होती है। जैसे किसी असाध्य कार्य की पूर्ति स्वाभिमान बन जाती है तो किसी असाध्य कार्य को पूरा करने का केवल दावा करना अहंकार बन जाता है। क्रोध के आवेश में रणभूमि में शत्रु की हत्या करना वीरता है, किंतु क्रोध या अभिमानवश स्वार्थ के लिए किसी की हत्या करना दंडनीय अपराध होता है।

जब भी हम अहिंसा और प्रेम का रास्ता अपनाते हैं, प्रकृति हर तरफ से प्रयास करती है हमारी परीक्षा लेने का। वह में मुसीबतों में डालेगी यह देखने के लिए कि क्या हम फिर भी उसी रास्ते पर चलते हैं या उसे त्याग देते हैं?

प्रत्येक व्यक्ति की कोशिश रहती है कि वह आकर्षक और प्रभावी व्यक्तित्व का स्वामी बने। इसके लिए मात्र सुगठित शरीर या सुंदर चेहरा ही पर्याप्त नहीं है। वह आकर्षक बनता है ऊँचे चरित्र से, सुंदर भावों से और स्वस्थ विचारों से। व्यक्तित्व-निर्माण में विचारों की भूमिका प्रमुख रहती है। परामनोविज्ञान का निष्कर्ष है—सोचना मात्र दिमाग का ही काम नहीं है। हमारा पूरा शरीर सोचता है। पूरा शरीर उन-उन विचारों से प्रभावित होता है। अस्वस्थ विचार मस्तिष्क में व्याधि की प्रतिमा निर्मित करते हैं। वह चित्र क्रमशः अस्थि, स्नायु, श्वसन, रक्त संचार प्रणाली और पाचन तंत्र को प्रभावित करता है। अरस्तू का कथन है कि अच्छी शुरुआत से आधा काम हो जाता है।

संसार को व्यक्तित्व-निर्माण की प्रयोगशाला कहा गया है। संसार तथा सामाजिक परिवेश, नित्य निरंतर बदलती परिस्थितियाँ, रोजमर्रा की

समस्याएँ, बाधा, व्यतिरेक इस काम में हमारी सहायता करते हैं। इनमें से प्रत्येक स्थिति हमें अपने अंदर झाँकने को बाध्य करती है। साथ ही, प्रेरणा प्रदान करती है कि आवश्यक कमी को पूरा किया जाए।

प्राचीन ऋषि-मुनियों ने व्यक्तित्व की संरचना का केंद्रीय आयाम आत्मा को बताया। इसी के गुण और दिव्यता हमारे व्यवहार व चिंतन में दिखनी चाहिए। इसमें आनेवाले अवरोधों, बाधाओं को समाप्त कर समूचे जीवन को आत्मा के गुणों से अलंकृत करना ही व्यक्तित्व का विकास है। केंद्रीय आयाम करना ही व्यक्तित्व का विकास है। केंद्रीय आयाम की अवहेलना कर व्यक्तित्व का ठीक-ठीक विकास संभव नहीं है।

प्राचीन भारत में व्यक्तित्व के विकास का प्रथम सोपान संस्कार और आश्रम की व्यवस्थाओं से प्रारंभ हुआ। ब्राह्मणकाल एवं उसके बाद भी मौलिक ग्रंथों की रचना न होकर यज्ञ विधियों एवं अनुष्ठानों की ओर अधिक ध्यान दिया गया। ब्राह्मणों ने सर्वात्मना यज्ञों के सूक्ष्म विस्तार तथा रहस्यमय व्याख्यान के निर्माण में योग दिया। उन्होंने बताया कि प्राणशक्ति को प्रखर बनाने के लिए निषेधात्मक भावों और विचारों से बचें। इससे जीवनीशक्ति क्षीण होती है। निषेधात्मक भाव जहर से भी अधिक हानिकारक हैं। वे मजबूत शरीर को भी तोड़ देते हैं। नकारात्मक चिंतन तनाव उत्पन्न करता है। इससे अम्ल की मात्रा अधिक उत्पन्न होने से उत्तेजना बढ़ती है। इससे जीवनीशक्ति, प्राणशक्ति को क्षति पहुँचती है। क्रोध प्राणनाशक शत्रु है। उसे अनेक मुखोंवाला नाग या तेज धारवाली तलवार से उपमित किया जाता है। यह तप, संयम, दान आदि के फल को भी नष्ट कर देता है।

मिट्टी भी हम और कुम्हार भी। हम अपने व्यक्तित्व के रचयिता स्वयं हैं। कोई और हमारे व्यक्तित्व और चरित्र का निर्माण नहीं कर सकता। इंसान के भीतर असीमित संभावना छिपी होती है, किसी भी रूप में ढल जाने की। आवश्यकता केवल इस बात की है कि हम स्वयं को सुसंस्कृत बनाने की हर संभव कोशिश करें, उच्च आदर्शों को अपनाएँ एवं विशिष्ट बनने का ध्येय रखें।

भविष्य को शंका की नजर से न देखें। पंख होते हुए भी घोंसले में ही बैठे रहनेवाले पक्षी को भला पक्षी कहा जा सकता है, पंखुड़ियों के कोमल सौंदर्य को पवन में खुला करने के डर से बंद रखनेवाली कली कभी फूल बन सकेगी, बाहर दुनिया के अविश्वास से कोने में बंद रहना पसंद करनेवाला कीड़ा क्या पतंगा बन सकेगा? कोये को तोड़ने, अपरिचित वातावरण में पनपने, घोंसले को छोड़ने के लिए हिम्मत चाहिए। जीवन में जीवट के साथ कूदने के लिए आत्मविश्वास चाहिए। कली का खिलना श्रद्धा का चमत्कार है। पक्षी का अपने बच्चे को हवा में छोड़ देना बहादुरी भरा पराक्रम है। युवक का जीवन का आह्वान सुनकर दुनिया के मैदान में कूद पड़ना आत्मविश्वास की साधना है।

जीवन साधना के प्रारंभ में ही एक बड़ी बाधा उपस्थित होती है। उसे यदि हम लाँघ सकें तो काम खूब आगे बढ़ सके। यह बाधा है, विश्वास का अभाव। अपरिचित समुद्र को पार करके किसी किनारे पहुँचूँगा ही, ऐसा अटल विश्वास ही कोलंबस की सफलता की पहली और सबसे बड़ी पूँजी थी। दूसरे भी बहुत से मनुष्य अटलांटिक पार कर अमेरिका पहुँच सकते थे, परंतु उनके अंदर विश्वास न था। उनमें ऐसी श्रद्धा न थी। कोलंबस और उनमें यही भेद था। आत्मविश्वास चाहिए और वह सच्चा आत्मविश्वास होना चाहिए।

दूसरों के हाथ में दी जानेवाली चीज खोटी भी हो सकती है। दूसरे के कान में डाली जानेवाली बात झूठी भी हो सकती है, परंतु अपनी आत्मा को जताया जानेवाला निर्णय, अपने सामने प्रस्तुत किया जानेवाला अपनी मानसिक तैयारी का विवरण सच्चा ही होना चाहिए। मनुष्य दूसरों के सामने तो झूठे विश्वास का दिखावा कर सकता है, परंतु अपने सामने नहीं। बनावटी आत्मविश्वास देर तक साथ देता ही नहीं। सच्चा हो, तभी वह दुनिया के बाजार में घुमाया जा सकता है।

यदि आप भीड़ से बाहर निकलकर कहीं पहुँचना चाहते हैं और आपकी नजर अपनी मंजिल पर टिकी है तो आप भीड़ में भी बिना किसी से

टकराए अपनी मंजिल तक पहुँच जाएँगे और अपना लक्ष्य प्राप्त कर लेंगे।

लोहे के सींखचों को बाहुबल से मोड़ना मुश्किल है, परंतु भट्ठी में सांगोपांग तपाने के बाद वे सरलता से मोड़े जाते हैं। मनुष्य का स्वभाव भी मंद प्रयत्न से नहीं बदलता, परंतु विधि के अग्निकुंड में तप्त होने के बाद उसे जैसा गढ़ना हो, वैसा गढ़ा जा सकता है। चरित्र का गढ़ना भी ऐसे ही होता है। वस्तुतः चरित्र हमारे जीवन की सफलता, बुलंदी, चरमोत्कर्ष की सीमा का निर्धारक तत्त्व भी है। हम जीवन में किन ऊँचाइयों को छू पाएँगे, इसका निर्धारण चरित्र ही करता है, क्योंकि चरित्र हमारे व्यक्तित्व की जड़ है, यह कितनी गहरी है या उथली, कितनी मजबूत है या नाजुक, यह जीवन की संभावनाओं को तय करती है। वास्तव में, चरित्र हमारी व्यक्तित्वरूपी जंजीर की सबसे कमजोर कड़ी है। हम किस बिंदु पर आकर बहक, बिखर, फिसल व टूट जाते हैं, यही हमारे चरित्र का व्यावहारिक मापदंड है, जिसके आईने में हम रोज अपनी समीक्षा कर सकते हैं और चरित्र निर्माण की प्रक्रिया को जीवन का एक अभिन्न अंग बनाते हुए, रोज खुद को तराशते हुए अपनी संकल्प सृष्टि का निर्माण कर सकते हैं।

जब भी यह समझ में न आए कि कौन सा कर्म गलत है और कौन सा सही तो आँखें बंद करें और शांत मन से भीतर की आवाज को सुनें। जो आवाज बार-बार आए वही सही कर्म है।

महर्षि अरविंद के अनुसार, चरित्र निर्माण और व्यक्तित्व विकास के सोपान छह हैं। ये हैं—भौतिक, प्राणिक, बौद्धिक, चैत्य, आध्यात्मिक एवं अति मानसिक। इनमें प्रत्येक का अपना गुण है। भौतिक का गुण है, सफलता। प्राण का गुण है—क्रियाशीलता। बौद्धिक स्तर का गुण है चिंतन की प्रखरता। चैत्य का गुण है, अंतराल की पवित्रता। आध्यात्मिक स्तर का गुण है—क्षुद्रता से उबरकर महानता की ओर बढ़ चलने की अभीप्सा तथा अति मानसिक स्तर का गुण है प्रत्यावर्तन, महानता में स्वराट का विराट् में, संकीर्णता का विस्तीर्णता में, स्वार्थपरता का उत्सर्ग में परिवर्तन। इन सभी

स्तरों के गुणों का समुच्चय ही यथार्थ में व्यक्तित्व है। इन्हें जीवनक्रम में भली प्रकार व्यवहार में लाना ही विकसित व्यक्तित्व का लक्षण है।

भारतीय व्यक्तित्व विकास पद्धति मानव को निजी कर्तव्यों की ओर प्रोत्साहित करती है, निजी अधिकारों तथा स्वार्थों की ओर नहीं। निजी कर्तव्यों में सर्वप्रथम देश, समाज तथा परिवार की प्राथमिकता है और निजी स्वार्थ सभी के पश्चात् आता है। दैनिक कार्यक्षेत्र में सर्वप्रथम पर्यावरण, पशु-पक्षियों के प्रति उत्तरदायित्व को स्थान दिया गया है। पाश्चात्य व्यावसायिक कंपनियाँ जिस सामाजिक उत्तरदायित्व की केवल चर्चा करती हैं, वह भारतीयों ने दैनिक जीवन-शैली में सहस्रों वर्ष पूर्व ही अपना लिया था। विदेशों में कोई व्यक्ति स्वेच्छा से पीपल, बरगद या तुलसी के पौधे को पानी नहीं देता, न ही चपटियों से लेकर बड़े जानवरों के लिए गरमी में पेयजल की व्यवस्था ही करता है। भारत में यह कार्य किसी मजबूरी से नहीं, अपितु निजी व्यक्तित्व की प्रेरणा से किया जाता है। मोक्ष की परिकल्पना व्यावसायिक संतुष्टि से कहीं ऊँची परिकल्पना है। अत: हिंदू व्यक्तित्व विकास पद्धति मानव को मानवता का अभिन्न अंग बनने को प्रेरित करती है, तभी उसका पूर्ण वास्तविक विकास होता है। केवल नौकरी पाने के लिए विकास नहीं कराया जाता।

हमारे समाज में निजी रुचि अनुसार व्यवसाय चुनने तथा स्वैच्छिक अनुशासन पर बल दिया जाता है। अनुशासन को सैन्य तरीकों से लागू नहीं कराया जाता। प्रत्याशी को आत्म-निरीक्षण, स्वैच्छिक अनुशासन तथा स्वाध्याय के लिए प्रोत्साहित किया जाता है। जीवन के संस्कारों की आधारशिला बचपन से ही माता-पिता घर के वातावरण में रख देते हैं तथा फिर उसी दिशा में व्यक्तित्व का विकास निरंतर चलता रहता है। बालक को आदर्शवाद के सामाजिक सिद्धांत घर के वातावरण में माता-पिता के संरक्षण में प्रत्यक्ष सिखाए जाते हैं। यम-नियम बालक के मानवी विकास की दिशा में प्रथम एवं महत्त्वपूर्ण कदम हैं। यदि इनका पालन दैनिक जीवन की प्रत्येक क्रिया में किया जाए तो चाहे हम विश्व के किसी

भी स्थान पर रहें और किसी भी धर्म के अनुयायी हों, हमारे जीवन की अधिकतर समस्याएँ तो पैदा ही नहीं होंगी। यदि दूसरों के कारण समस्याएँ उत्पन्न हो भी गईं तो वे प्रभावित किए बिना अपने आप ही निष्क्रिय भी हो जाएँगी तथा यम-नियमों का पालन करनेवाले के जीवन में कोई तनाव और हताशा नहीं होगी।

इस प्रकार, जो व्यक्तित्व-निर्माण होगा, वह विश्व भर में सभी परिस्थितियों में सफल रहेगा। हम प्रत्यक्ष देख सकते हैं कि आज भी भारत के विद्यार्थी विदेशों में सफल हैं, जहाँ उन्हीं देशों के स्थानीय छात्र उनसे स्पर्धा नहीं कर पाते। भारतीय सैनिक प्रथम तथा दूसरे महायुद्ध के कठिनतम प्रदेशों में भी सक्षम रहे, जबकि अन्य देशों के सैनिक उन कठिनाइयों को झेल नहीं पाए। इस प्रक्रिया में भारतीय व्यक्ति की मानसिक तथा शारीरिक क्षमता छिपी हुई है, जो उसे सभी परिस्थितियों का सामना करने का हौसला देती है। यह गुणवत्ता आधुनिक तकनीक से नहीं उपजी, अपितु इसका श्रेय भारतीय जीवन के उन मूल्यों को जाता है, जो व्यक्ति को हर कठिन परिस्थिति का सामना करने के लिए प्रोत्साहित करते हैं। भारतीय व्यक्तित्व विकास पद्धति हर अग्नि-परीक्षा में सफल होती रही है।

सौंप दिया मिट्टी ने खुद को,
कुम्हार दे रहा अब मार है!
तू भी अब कर समर्पण,
शक्तियाँ ले आईं सफलता का हार है!!

सफर

अभी खत्म नहीं बल्कि नई आशाएँ, नए अवसर लेकर शुरू हुआ है।

□

कुछ सूत्र : कुछ सुझाव

- शारीरिक एवं मानसिक शक्तियों के अलावा मानव में जन्मजात अनेक सूक्ष्म शक्तियाँ होती हैं। इन्हें पहचानें और उपयोग करें।
- ब्रह्मांड के नियम से जुड़ने पर आप पाते हैं—परम समृद्धि और परम आनंद।
- अपनी ऐश्वर्यता को ईश्वर प्रकट करना चाहते हैं आपके माध्यम से, आपको धनी के रूप में देखना पसंद करते हैं। आपके पैदा होने के अधिकार ने आपको धनी होने का अधिकार भी दिया है। जीवन विकासमुखी है—प्रयास करें।
- आनंद आपका मूल स्वभाव है। मत जोड़ना इसे जाने-अनजाने कारण से। निकाल दो कारणों को और मजे लो।
- किसी को रुचि नहीं है आपका भाग्य बनाने में या बिगाड़ने में। आप स्वयं अपने भाग्य के निर्माता हैं—हर पल अपने विचार और कर्मों से!
- भाग्य, संयोग पर दोष डाल कर अपनी जिम्मेवारी से न भागना ही पुरुषार्थ है। भाग्य निर्मित करो।
- स्वास्थ्य शरीर का मूल, सहज, स्वाभाविक गुण है। रोग जबरदस्ती लादा जाता है। रोगी होना बहुत मुश्किल है, स्वस्थ रहना आसान।

सुझाव

दोस्तो, आप अब यह समझ चुके हैं कि सबसे पहले लक्ष्य निर्धारित करना है, फिर अपने व्यक्तित्व विकास एवं अन्य अनुशासनों का पालन करते हुए सफलता की ओर बढ़ना है।

आपके इस सफर में सहायता के लिए कुछ तकनीकों का जिक्र किया जा रहा

है। इन्हें अपना कर आप अपना पूर्ण विकास कर सकते हैं और फिर सही तरीके से लक्ष्य को पूरा होते हुए देखेंगे।

1. कभी-कभी आपके विषय में जरा सी भी नकारात्मक राय या सलाह मिले या आपको कड़वे वचनों से या आपको ठेस पहुँचाने की जाने-अनजाने कोशिश की जाए, तब आप तुरंत अपनी विवेक-बुद्धि से सावधान हो जाना और जाँच लेना कि यह उनकी राय सही है या गलत?

   यदि गलत एवं नकारात्मक है, तो उसी क्षण अपने मन-ही-मन दो बार 'कैंसिल' बोलकर उसके विपरीत अन्य सकारात्मक सुझाव स्वयं को देना या अपने मन में स्वयं को अन्य किसी सुंदर कार्य करते हुए संलग्न देखना। यह मानसिक क्रिया किसी भी नकारात्मक विचार को वहीं रोक देगी, अन्यथा यह बीज बो दिया जाएगा और उचित परिस्थिति आने पर उलट, विपरीत और हानिकारक प्रभाव ही दिखाएगा।

2. कभी भी अनजाने में भी, मजाक या किसी मकसद के साथ भी, कुछ भी गिरी हुई बातें न बोलें, जैसे कि "हम तो बहुत छोटे लोग हैं," "कहाँ आप, कहाँ हम," "मेरे घर में कोई इतना नहीं पढ़ा," आदि-आदि। इस तरह के विचार हमारे अवचेतन मन में जमकर नकारात्मक फसल ही देते हैं।

   इस आदत को सर्तकतापूर्वक छोड़ दें। आने वाले एक महीने तक अपने अंदर उठने वाले विचारों को देखें और अपनी वाणी से सकारात्मक ही बोलें।

3. अपने आप को भावनाओं के साथ स्वयं सूचनाएँ दें (autosuggestions)

   - मेरा कौशल्य और आत्मविश्वास प्रतिदिन बढ़ता जा रहा है।
   - मैं शांति और विश्वास के साथ आज के दिन का स्वागत करता हूँ!
   - मैं शुक्रगुजार हूँ कि सूर्य की हर किरण का जो रोज मुझे नए अवसर दिखाती है।
   - मेरा आज का दिन शानदार नए फैसले एवं अवसरों से भरा हुआ दिन है।
   - मैं स्वस्थ, सुंदर, संपन्न और सुरक्षित हूँ।
   - मैं अतीत की अपनी और दूसरों की गलतियों को माफ कर केवल

वर्तमान को ऊर्जा से भरकर जीता हूँ।

- मेरी हर अंदर आती श्वास मेरा आत्मविश्वास बढ़ाती है और हर बाहर जाती श्वास संदेह और निराशा को बाहर निकालती है!
- मैं अपने अंदर अनंत संभावनाएँ समेटे हुए अद्‌भुत खास इंसान हूँ।
- मैं बुद्धिमान हूँ और सही फैसले ले सकता हूँ।
- मैं सफल और सौभाग्यशाली हूँ।

इन सूचनाओं को दिन में कम-से-कम दो बार और लगातार 30 दिन तक जोर-जोर से बोलना है।

4. **जैसा बीज, वैसा भविष्य :** याद रखें, आनंद के बीज डालने पड़ेंगे। हर काम में आनंद की छोटी-छोटी बूँदें छुपी होती हैं। वर्तमान में जो चल रहा है, उसका आनंद लो। हर काम में सजग रहो और महसूस करते रहो, हर अनुभूति को।
5. **तस्वीर निर्माण करें :** बंद आँखों से अपने लक्ष्य की तस्वीर को देखने की प्रक्रिया को करना है। यह स्वयं द्वारा अथवा अन्य के द्वारा दी जाने वाली सूचनाओं से हो सकता है। अपने बारे में कभी नकारात्मक तस्वीर का निर्माण न करें। तुम सहज भाव में जीने लगोगे। लोग क्या कहेंगे—यह डर खत्म हो जाएगा।
6. दूसरों से बहुत अपेक्षाएँ न रखें। जो परिस्थिति या व्यक्ति जैसा है, उसे वैसे ही अपनाने का प्रयत्न करना चाहिए। एक महीने तक आप इस पर काम करें कि दूसरों से अपेक्षा रखने की बजाय यह सोचें कि मैं इनके लिए क्या कर सकता हूँ? धीरे-धीरे आपका मन शांत होता जाएगा और अनावश्यक तनाव से बचेगा।
7. **त्राटक :** किसी एक वस्तु या निशान पर बिना पलक झपकाए देखते रहने से हमारी एकाग्रता बढ़ती है। प्रतिदिन 5-10 मिनट इसका अभ्यास अवश्य करें।
8. **मन पर बोझा न सँभालें :** किसी से द्वेष न रखें, अगर किसी पर क्रोध रखते हो तो उसे मिलकर या फोन पर बात कर माफ कर दें। अगर किसी का जाने-अनजाने दिल दु:खाया था या अन्य की आपकी वजह से किसी भी प्रकार की हानि हुई है, तो उससे भी माफी माँग लें। ऐसा करके आपका दिल हल्का हो जाएगा और आपका मन नए विचारों को सृजन करने लगेगा।

9. **लोगों से अच्छे संबंध बनाएँ :** इसके लिए आपको अब से हर आने वाले व्यक्ति में कोई-न-कोई गुण ढूँढ़ना है। आप उसे बता भी सकते हैं, अन्यथा उसे अपने में आजमाएँ और सीखें।

10. इसे अपनाएँ—

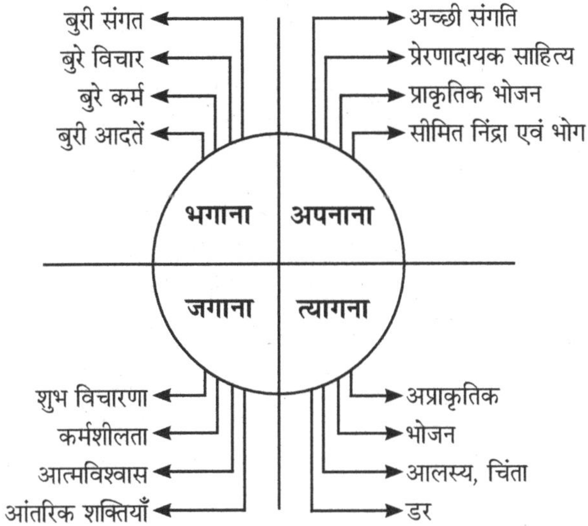

11. 95 प्रतिशत लोग विचार, क्षमता और अनेक गुणों से भरपूर होने के बावजूद पीछे रह जाते हैं। इसका कारण केवल इतना है कि वो लक्ष्य तो बना लेते हैं, पर उन्हें रोजमर्रा तौर पर हासिल नहीं कर पाते। वो कार्य तो बहुत करते हैं, पर दिन जब समाप्त होता है उनको 'आज कुछ किया या पाया' का भाव नहीं आता।

12. यदि आपको किसी विषय, किसी वस्तु आदि को याद करने में परेशानी हो रही है अथवा असुविधा महसूस हो रही है, तो आप ऐसे मुश्किल तथ्यों का किसी अन्य घटना से सह-संबंध स्थापित कर दीजिए अथवा उसे किसी वस्तु या स्थिति से जोड़ कर दीजिए। आपकी परेशानी चुटकियों में दूर हो जाएगी और स्मरण योग्य विषय-वस्तु आपको तुरंत याद हो जाएगी। सह-संबंध प्रक्रिया विधि (Co-relation technique) में पूर्व के संचित ज्ञान का सहारा लिया जाता है। व्यक्ति के मस्तिष्क में जो तथ्य, ज्ञान तथा अनुभव पहले से स्थित होते हैं, उन्हीं के आधार पर जब कोई नया ज्ञान व्यक्ति द्वारा

अपनी स्मृति में डाल लिया जाता है तो यही प्रक्रिया सह-संबंध स्थापित करने की प्रक्रिया कहलाती है।

सह-संबंध प्रक्रिया विधि को एक और अन्य उदाहरण द्वारा भी समझा जा सकता है। मान लीजिए, आप किसी नए व्यक्ति, वस्तु, प्राणी अथवा स्थान के संबंध में जानकारी हासिल करना चाहते हैं, तो पहले आप उस व्यक्ति, वस्तु, प्राणी अथवा स्थान के साथ अपना संबंध स्थापित कीजिए। मान लीजिए, आपकी मुलाकात जावित्री नामक एक महिला से होती है और आप उस महिला को याद रखना चाहते हैं तथा आप यह भी जानते हैं कि जावित्री एक मसाले का नाम भी है, जो सब्जियों में डाला जाता है। तो बस, आप उस मसाले के नाम के साथ जावित्री नाम की उस महिला का संबंध स्थापित कर लीजिए। बस, आपको कुछ और करने की आवश्यकता नहीं। जब भी आप जावित्री नामक मसाले का उपयोग करेंगे, उस महिला की भी याद आपको खुद-ब-खुद आ जाएगी, यानी आपको अलग से उस महिला को याद रखना नहीं पड़ेगा। इसी तरह का संबंध किसी भी वस्तु, प्राणी, स्थान अथवा भाषा की स्मृति बढ़ाने हेतु स्थापित किया जा सकता है।

सहचारी साहचर्य के अंतर्गत जब एक वस्तु याद आती है तो दूसरी भी अचानक याद आ जाती है, जैसे स्नानघर का नाम लेते ही उसमें रखे टब, बाल्टी, मग, साबुन इत्यादि भी अचानक याद आने लगते हैं।

इस तकनीक के द्वारा हमारी स्मरण शक्ति (Memory power) हर क्षेत्र में बढ़ती है। बुद्धि भी तेजस्वी होती है। अंदर से नया-नवीन ज्ञान भी प्रकट होने लगता है, अगर नियमित तौर पर अभ्यास किया जाए। दिमाग इतना सजग होता जाता है कि आए हुए अवसर को भी तुरंत पहचान लेता है।

मैं सलाह देता हूँ प्रतिदिन इसका अभ्यास करें।

देखिए, प्रकृति की हर वस्तु, सूरज उगने से डूबने तक एक लक्ष्य प्राप्ति के साथ काम करती है।

अब आपसे एक निवेदन करता हूँ कि आप हर दिन सोने से पहले एक नोट लिखें, जिसमें यह लिखें कि कौन से तीन कार्य आपने आज पूरे किए? याद रखें जीवन में कुछ हासिल करना है—टाइम पास नहीं करना है।

□

राजेश अग्रवाल की एक पुस्तक 'प्रेरणा—
नई सोच, नई मंजिल' से एक प्रेरणादायक कविता पाठकों के लिए—

मुझसे मेरी दोस्ती

लो दुनिया वालो तुम्हारी भीड़ से हटा,
तुम्हारे साथ रहते हुए भी, मेरे सोचने का तरीका कटा।

जब तक मन के जाल का किस्सा था,
तभी तक मैं सभी प्रतियोगिताओं का हिस्सा था,
अब मैं ही मैदान हूँ, मैं ही प्रतियोगी हूँ,
मुझे ही है दौड़ना, मुझे ही है जीतना, मुझे 'मुझको' ही है हराना,
खुद को 'खुद ही' से है जिताना,
मुश्किल है मुझे नीचा दिखाना, क्योंकि मैंने छोड़ दिया है।
अपना प्रमाण-पत्र दूसरों से लिखवाना,

नहीं है यह कथन मेरे अहंकार का तराना,
क्योंकि जब से मैंने है खुद को जाना,
तब से बंद हो गया बाहरी हार-जीत का फसाना,
अब तो हर अगला कदम लिखता है एक नया अफसाना,
असंभव है बीते हुए कल को दोहराना।

वे बात करते हैं मेरे बारे में,
मुफ्त में मेरा विज्ञापन देते हैं हर गलियारे में,
मुझे किसी को जवाब नहीं है देना,
बस अपनी हर सोच और कर्म की है जिम्मेदारी लेना,

मैं कौन हूँ, क्या हूँ यह तो वक्त ही बताएगा,
जब शायद कभी मेरा इतिहास लिखा जाएगा,
अगर इस भीड़ में कोई एक मुझे समझता हो,
तो बस इतना काफी है,
बाकी लोगों को उनके गुनाहों के लिए माफी है,
तुम अपना काम करो, मैं अपना काम करता हूँ
फिलहाल मैं भीड़ में रहते हुए भी भीड़ से हटता हूँ।

□□□

* 9 7 8 9 3 5 3 2 2 3 2 0 5 *
FCW - #0174 - 061026 - C0 - 216/140/8 - PB - 9789353223205 - Matt Lamination